姫と剣士 一

佐々木裕一

幻冬舎時代小説文庫

姫と剣士 一

目次

第一章　出立

一

「母上、今朝のお加減はいかがですか」

声をかけ、障子を開けた伊織《いおり》は、胸を患う母親のそばに兄が座しているのを見て、遠慮気味に微笑む。

三つ年上の兄は二十一の青年剣士らしく、爽やかな笑みを浮かべた。

「見てのとおり、母上はご気分が良いそうだ。卵粥を残さず召し上がられたぞ」

朝早くから、外の井戸端にある竈《かまど》で薬湯を煎じていた折、下女の佐江《さえ》が嬉しそうにしゃべる声が台所からしていたのは、兄智将《ともまさ》がいたからだと納得した。

智将は、折敷《おしき》を持っている弟を手招きする。

応じて横に座した伊織は、母の手を取り、半刻《はんとき》（約一時間）かけて煎じた薬湯を入れた湯呑みを差し出す。木の湯呑みは、熱い薬湯を入れても熱くならぬようにと、母のために父が作ったものだ。丸みを帯びた形が手に馴染むと、母は気に入っている。

薬湯を一口飲んだ母は、長男と次男の顔を順に見て優しく微笑む。

「お前たちが世話をしてくれるおかげで、身体《からだ》が軽くなってゆく気がします。もう少しで床払いができましょう。ほんとうに、ありがとう」

伊織は嬉しくなり、兄を見た。

智将も弟と目を合わせて笑みを浮かべたのだが、伊織にはその表情が、どこか寂しそうに見えた。

「兄上、せめて母上が床払いをされるまで、旅立ちを先延ばしできませぬか」

返答に困る智将を横目に、母が口を開く。

「伊織、やめなさい」

智将は母に両手をついた。

「伊織が申すとおりです。病の母上を置いて剣術修行の旅に出るのは、わたしのわがまま。どうかお許しください」

母は微笑み、智将の肩にそっと触れる。

「頭を上げなさい。旅は、父上も若い頃になされたこと。初音《はつね》道場を継ぐ者として、初音《はつね》道場を継ぐ者として、誰にも遠慮なく旅立ちなさい」

「はは」

その兄が、臥所《ふしど》を出たところで伊織を呼び止め、裏庭が見渡せる場所に誘った。母が元気だった頃に植えた秋の草花が咲き、庭を彩っている。

しゃがんで雑草取りをしている佐江の後ろ姿を見ていた智将が、黙って言葉を待つ伊織に振り向いた。その顔には、やはり寂しさがにじんでいる。

「伊織」

「はい」

「わたしは本日、旅に出る」

伊織は驚いた。旅立ちは明後日だったはずだ。

「どうして急に……」

「お前のおかげで、母上が起きられるようになったからだ。御前試合のことで、父上の気持ちがいつ変わられるか分からぬ。もし出ろと命じられれば、わたしは困る。それゆえ、母上に許しをいただいたのだ」

「されど兄上、父上が御前試合へ望むと決められたのは、道場の名を上げるためではなく、浪々の身である門人たちに仕官の道を開くためですから、気が変わられるとは思いませぬ」

「念のためだ。わたしは御前試合より、旅に重きを置いているからな」

母は、一度言えばあとに引かぬ兄のために、無理をされていたのではないだろうか。

昨日までは食事が喉を通らなかったはずなのに、今朝は食べられた。ぬか喜びではないかと不安になる気持ちを兄にぶつけようとしたものの、兄は兄で、門人が百を超える大道場を継ぐ重荷を背負っている。

近頃の兄を見ていると、父の跡を継ぐという重責に押し潰されそうになっているのではないかと心配になることがある。

門人を相手に剣術の稽古をする時も、これまでとは人が変わったように厳しく、殺気さえ感じる。そして何より、今こうして向き合っている兄の眼差しが、以前の優しいものではなくなっている気がするのだ。

伊織は、そんな兄の目をじっと見つめた。

「兄上、焦っておいでですか」

すると智将は、ふっと苦い笑みを浮かべて庭に向いた。

「お前に嘘は通じぬな。だが、ここにきて逃げるわけにはいかぬ」

智将は、伊織の目を見た。

「わたしは、やると決めたのだ」

大きな存在である父に一歩でも近づくための、修行の旅なのだ。

これをどうして、止められようか。

伊織は笑顔を作って応じる。

「母上のためにも、一日も早くお帰りください」

すると智将は、伊織の腕をつかんで引き寄せ、肩を抱いた。

「母上は、お前がそばにおればよいのだ」

「そんなことは……」

「あるのだよ。わたしには分かる。子供の頃から感じていたことだ」

「兄上、どうしてそのようなことをおっしゃるのです」

智将は伊織に微笑んで見せたが、目は笑っていない気がする。

「修行の旅ゆえ、命がけだ。ひと月に一度文をしたためるが、絶えた時は野垂れ死んだと心得、父上と母上を頼むぞ」

「兄上、旅立ちの前に縁起でもないことをおっしゃらないでください」

　智将は強く抱き寄せる。

「うんと言うて、安心させてくれ」

「お断りします。わたしは、剣はからきしですから」

　すると智将は、真剣な顔で向き合う。

「爪を隠すのは、今日までだ。いいな」

　伊織は微笑んだ。

「何をおっしゃっているのです。兄上、今日は変ですよ」

　智将は弟の目をじっと見ていたが、破顔一笑した。

「妙か。まあいい。だが、次に会《お》うた時は、互いに手加減も遠慮もなしだ。本気で勝負をするぞ」

　伊織は苦笑いで応じる。

「今でも太刀打ちできないのに、修行で強くなられた兄上に敵うわけがありません」

「爪を隠すのは今日までだと言うたはずだ」

「隠していません。薬をいただきにゆく時間ですから、またあとで」

離れて頭を下げた伊織に、智将は笑みを消して言う。

「気を付けて行ってまいれ」

「はい」

矢来町《やらいちょう》へ行き、父が頼る薬師、大久保寛斎《おおくぼかんさい》宅を訪ねた伊織は、人が一人やっと通れる細い路地に面した格子戸に手をかけた。

からからと、小気味の良い音を立てて開く。

背丈が五尺六寸（約百七十センチ）ほどある伊織の頭をようやく越す高さまで成長しているかえでが赤く染まり、秋の深まりを知らせてくれる。

姿が良い枝葉を横目に見つつ表の戸に歩み寄った伊織は、名を告げて開けた。

小さな仕舞屋は、さまざまな薬草の匂いで満ちており、初めの頃は苦手だったのだが、今ではすっかり慣れている。おかげで母が快方に向かっていると思えば、なおさらだ。

三和土《たたき》に赤い鼻緒の草履が二足あるのが目に留まった。

患者だろうかと思いつつ草履を脱ぎ、勝手知ったる家の上がり框《かまち》を踏んで廊下を奥に行く。寛斎の話し声を聞きながら、畳敷きなら八畳はあろう板の間に顔を出すと、四十代の顔に小難しい表情を浮かべ、不自由な右足を伸ばして文机《ふづくえ》の前に座し、薬の書物を睨んでいる寛斎が一人しかいない。

足のせいで往診や外出をめったにしない寛斎を訪ねる者は多いと聞くが、伊織はまだ一度も、ここで他者と出会ったことがない。

独り言だったのだろうか。

そう思いながら、書物や薬草で雑多としている部屋の中を見つつ正座し、医術を極めながらも探究を続ける元旗本に、敬服の念を込めて両手をつく。

「先生、お願い申します」

寛斎はこちらを見もせず、紙袋を指差した。

「そこにある。持ってゆけ」

「ありがとうございます」

伊織は懐から財布を出し、薬代を竹籠に入れるのと引き換えに、薬の袋を手にした。そして居住まいを正し、寛斎に告げる。

「おかげさまで、母は今朝卵粥を口にし、顔色もようございます」

すると、寛斎は顔を上げた。

「咳《せき》はどうじゃ」

「初めの頃よりは、減ってございます」

寛斎は渋い表情でうなずく。

「くどいようじゃが、次第に息をするのも苦しゅうなる病ゆえ、決して無理をさせてはならぬぞ」

肩で息をするようになれば、すぐ知らせよと告げられている。

「心得ました」

立ち去ろうとする伊織を、寛斎が呼び止めた。

「菫《すみれ》殿は、甘い物がお好きか」

「はい」

「では、食べられる時には、好きな物を召し上がっていただくことだ。ただし、餅は気を付けるように」

「承知しました。では、五日後にまたお願い申します」

うむ、と応じる寛斎に頭を下げた伊織は、立って廊下まで下がり、頭を下げて礼を述べると、表の戸口に戻った。

三和土に置いている己の草履をつっかけたところで廊下に人の気配を察して振り向くと、表の客間に通じる廊下の角から、おなごが曲がって来た。

歳は、伊織よりも下だろうか。

目が合ったが、互いにすぐ下げ、会釈をかわす。

外に出る伊織の背後で、琴乃《ことの》様、と呼ぶ女の声がした。

伊織は、戸を閉めるべく振り向いた。すると、紺の無地の着物に赤い帯を締めた武家の侍女らしき女が、伊織をちらと見て、寛斎がいる部屋のほうへ歩いてゆく。

琴乃と呼ばれたおなごは白い前垂れを着けていたため、てっきり寛斎の手伝いをさせるために新しく雇った者かと思うていたが、どうやら違ったようだ。

この時の伊織は、その程度にしか思わず、戸を閉め、さらに格子戸を閉めて家路についた。

兄が旅に出たのは、夜中だ。

父と二人で見送った伊織は、編笠を手に、荷物少ない旅装束の兄と向き合い、別れを惜しんだ。

「兄上、どうかご無事で」

「うむ。あとを頼むぞ」

肩をたたいた智将は、父十太夫《じゆうだゆう》に頭を下げる。

「では、行ってまいります」

十太夫は真顔で応じる。

「帰りを楽しみに待っておるぞ」

「はは」

伊織は名残惜しく、大通りまで付いて歩いた。

まだ暗い空の下、足を止めて振り向く兄の表情は見えぬ。

「伊織、どこまで来る気だ」

「ここで、お見送りします」

智将は伊織を抱き寄せた。

「今朝申したことを忘れるな。次に会う時は、本気で勝負だ」

「兄上……」

離れた伊織が目を見た時、兄は曰くありげな表情をしていたが、それは一瞬のあいだのみで、

「では、まいる」

そう告げると歩みを進めた。

早足で旅立つ兄の後ろ姿が、夜陰に消えゆく。

伊織はこの時が、運命の別れになろうとは思いもせず、ただただ、道中の無事を祈るのだった。

二

安政《あんせい》五年某日——

外は風が吹き荒れ、閉めている雨戸が音を立てている。

同志が集う拠点にしていた仕舞屋に集まった十三人の若侍は、表の十二畳間で黙々と戦支度をしている。

戸に雨粒が当たりはじめたのに顔を向けた一人が、鎖鉢巻きを締めながら口元に笑みを浮かべた。

「この雨では、道筋にある大名屋敷の門番も戸を閉めておるはずだ」

隣で襷《たすき》をかけている同志がうなずく。

「天も我らに味方したぞ」

支度を終えた別の同志が、大刀を鞘から引き抜き、刀身を見つめて言う。

「今日という日を選んでよかった。我らの手で大老井伊《いい》直弼《なおすけ》を誅殺し、ペリーをアメリカに追い返す道を立てるのだ」

「おう！」

「外敵から日ノ本を守るぞ」

「やってやる！」

「やるぞ！」

己を鼓舞する声が次々とあがり、座敷は熱気が高まった。

表の戸を開ける音がしたのはその時だ。

皆が刀の柄をつかんで向き、土間に現れた若者を見て安堵の息を吐《は》く。

「なんだおぬしか」

「黙って入るから驚くではないか」

「遅いぞ」

声をかけて前に出た偉丈夫は、若者の幼馴染だ。

揃いの藍染の小袖と袴を着け、鎖鉢巻きに襷がけをした幼馴染に厳しい目を向けた若者は、全身ずぶ濡れだ。水を滴らせながら土足で上がり、仲間たちの真ん中に立って告げる。

「何度言ったら分かる。まだ早いのだ。もっと人が集まるまで待て」

「もう待てぬ！」

声をあげる同志をどかせて前に立つ偉丈夫を、若者は見据える。

「鎌田《かまた》、おれは言ったはずだ。どうしてあとひと月待てぬ」

「水戸《みと》の天狗党《てんぐとう》に期待しているなら無駄だ。奴らは口ばかりで、何もせぬ」

「しかし……」

「お前が来てくれたのだから、必ずやれる。そのうえ今日は、力強いお方が加わってくれた」

鎌田に座敷の奥を示された若者が顔を向け、愕然とした。

「どうして！」

「黙っていたことは詫びる。鎌田とは以前から語らい、志を同じにする友だ。わたしは、小さな町で旗本の顔色をうかがいながら、慎ましく暮らして満足する父のようにはなりたくない。それゆえ、家を捨てる覚悟で出てきた。皆と、この国をよくするためにな」

若者は悲しそうな顔をした。

「本気で、もう帰らぬおつもりですか。家を捨てるのですか」

「家など、今の我らにとっては小さきことだ」

若者は奥へ行こうとしたが、鎌田が割って入って言う。

「天が味方して雨を降らせてくれたのだ。この機を逃す手はない。帝をないがしろにし、アメリカに尻尾を振る井伊の首を我らの手で取るのだ。我らが先駆となれば、倒幕派の連中は必ず立つ。そうすれば、この国を守ることができる。頼む、加わってくれ」

開国に異議を唱える同志たちは、大老井伊直弼を倒せば、アメリカと結んだ不平等条約を白紙に戻せると信じているだけに、若者の言葉に耳を傾けない。無謀だと止めに来た若者だったが、恩人の息子を見捨てるわけにはいかず、

「分かった」

暗殺に加わるべく、差し出された鎖鉢巻きと襷を取った。

鎌田が頼もしそうに、若者に告げる。

「必ず討ち果たそうぞ」

うなずいた若者は、支度にかかった。

三

「先生、祖父の薬について、今一度、ご教示いただきたく……」

気が急いていた琴乃は、不躾に言葉を発しながら廊下から部屋に入ろうとして、はっとした。先客がいたからだ。

すぐさま身を引き、障子の陰に隠れて詫びた。

「構わぬ、入りなさい」

寛斎に促され、琴乃は恐縮して足を運び、座敷に正座した。

寛斎と向き合う人に見覚えがある。先月、表で会釈を交わした人だ。

総髪を馬のしっぽのように後ろで束ね、黒の袷《あわせ》と灰色の袴を着け、腰には脇差を帯びている。

気品がある面立ち。

初めて会った時の印象のとおり、寛斎に頭を下げる姿に隙はなく、所作は優雅。

「では、五日後に……」

落ち着きがある声音は、どこか憂いを含んでいるように思え、琴乃はそっと横顔をうかがった。

立ち上がる男に、寛斎が書物から目を離さず口を開く。

「伊織、旅に出た兄から、便りはあったのか」

こちらを気にする様子に、琴乃は下を向く。

「いえ」

兄を心配しているらしく、伊織の声に張りがない。

寛斎は唇を尖らせ、鼻息を声に出す。納得がいかぬ時に、よくそうするのを知っている琴乃は、聞いてはいけぬことではないかと心配になる。

だが寛斎は、以後は何も語らなかった。

伊織は黙って頭を下げた。

部屋を出る前に会釈をされ、琴乃も頭を下げる。

すり足が遠ざかると、寛斎は書物を置いて琴乃に顔を向けた。

「松哲《しょうてつ》殿の薬が、いかがした」

琴乃は背筋を正し、紙を差し出して問う。

「お爺様の病に効く薬は、こちらの処方でよろしいでしょうか」

懸命に学ぼうとしている姿に、寛斎は応じて処方を確かめ、渋い顔をする。

「基礎がなっておらぬ。よいか、生薬の効能を引き出すには、君臣左使《くんしんさし》の基本に沿わねばならぬ」

寛斎曰く、琴乃の家でたとえるなら、君薬《くんやく》が父として、旗本としての役目を果たせるよう支えるのが側近の家老。これが臣薬《しんやく》。家老は、御家に仕える家来、すなわち佐薬と使薬の働きを監視し、君薬が存分な力を発揮するよう促す。

これのひとつでもうまく作用しなければ、君薬、つまり父は、お役目を果たすことが難しくなる。

紙に筆を走らせながら聞かせた寛斎は、琴乃の顔色をうかがう。

「そなたの処方に何が足りぬか、分かったか」

琴乃はもう一度、己が書いた処方を見なおした。

「心ノ臓の熱を冷まし、動悸に良いとされる黄連《おうれん》を君薬とすれば、血圧を下げる黄《おう》柏《はく》を臣薬、あとは……」

琴乃は、桜色の唇が白くなるほど噛みしめて考え、答えを出した。

「頭痛、めまいなどに良いとされる牡蛎《ぼれい》と、血の流れを良くする牡丹皮《ぼたんぴ》を加えればよろしいでしょうか」

「まだ足りぬ。それらは身体を冷やす生薬ゆえ、温め、胃の働きを良くする物を加えると良い」

「陳皮《ちんぴ》……、でございましょうか」

寛斎はうなずいた。

「いずれも、少量ずつで良かろう」

心が晴れた気持ちになった琴乃は、この場で処方箋をしたためて頭を下げ、調合に戻った。

　寛斎は目を細める。

「松哲殿は、良い孫娘を持たれた」

　ぼそりと言うと、読み物に没頭した。

　自ら調合し、寛斎に許しを得た薬を持って家路についた琴乃は、途中で思い立ち、同行する侍女に訊いた。

「美津《みつ》、先日のお饅頭は、どこで求めたのです」

　十七歳の琴乃と親子ほど歳が離れた美津は、明るく答える。

「赤城《あかぎ》明神の門前でございます」

「お爺様とお婆様がたいそう気に入っておられましたから、寄り道しましょう」

　すると美津は、表情を厳しくする。

「お嬢様、町方で買い物をするなどもってのほか。なりませぬ。あとで美津が求めてまいりますから、帰りましょう」

　琴乃は笑った。

「すぐそこではないですか。行きますよ」

「ちょ、ちょっとお嬢様……」

強引に腕を組んで、若狭《わかさ》小浜《おばま》藩《はん》下屋敷を左に見つつ、牛込《うしごめ》矢来《やらい》下通《したどお》りに向かっているると、前から来た武家の侍女らしき者が、腕を組んで歩きながら騒ぐ二人に対し、あからさまに不快そうな目を向けてきた。

慌てて離れた美津が、ばつが悪そうな顔で琴乃の後ろに下がる。

琴乃はうつむいてすれ違い、矢来下通りに出ると右に曲がった。

「お嬢様……」

止めようとする美津に、琴乃は立ち止まって周囲の目を気にし、行き交う者に聞こえぬよう思いを打ち明ける。

「お爺様のために調合した生薬が、これまでで一番苦いの。戻ったらすぐに飲んでいただきたいから、お口なおしにお饅頭を持って帰りたいのよ」

美津は眉尻を下げた。

「そういうことでしたか。分かりました。ご案内いたします」

饅頭屋に寄るだけで苦労する。

琴乃は窮屈に思うのだが、番町《ばんちょう》の本邸にいるよりましだと自分に言い聞かせるのだった。

生まれて初めて、町方の店に足を踏み入れる。

好奇心が旺盛な琴乃は、一度は自分で代金を払って物を求めてみたいと思っていたため、饅頭でも胸を躍らせた。

饅頭屋は、このあたりでよく見る商家の佇まいで、間口は狭く、中は奥に細長い。

店頭に置かれた木箱には、白や茶、桃色の饅頭が色分けされて並んでいる。

祖父が特に気に入っていたのは、白い皮に菱の紋が焼印された、こし餡の饅頭だ。

注文する品は決めているが、店の者はこちらから声をかけるまで相手をする気はないらしく、静かで落ち着いた雰囲気も手伝って、他の菓子にも目が向く。

饅頭屋だから饅頭しかないと思っていたが、手毬模様や、琥珀色の飴もある。

琴乃は美津と相談して品を決めた。

美津が店の者を呼び、饅頭と飴を詰めさせる。

代金を払った琴乃は、笑顔で店から出ると美津に言う。

「ひとつ、夢が叶いました」

美津は眉間に皺を寄せた。

「饅頭を買うのがですか」

「美津にはなんでもないことかもしれませんが、わたしにとって、今の暮らしは夢のようなのです。急いで帰りましょう」

琴乃は足を速め、矢来下通りを戻った。


「ああ、苦い」

顔を歪めた祖父松哲は、琴乃が差し出す皿から白い饅頭を取り、一口食べて幸せそうな顔をする。

「これじゃ。旨い」

五千石の旗本、松平家のあるじだった頃は厳しい人物だったが、息子の帯刀《たてわき》に家督を譲って別宅で楽隠居の身となった今は、性格がすっかり丸くなり、看病のため共に暮らす琴乃をはじめ、孫たちを可愛がりながら余生を楽しんでいる。

その松哲が、小野寺《おのでら》家に婿入りさせた次男の義春《よしはる》によく似ている孫娘を見て、満面に笑みを浮かべる。

「小春《こはる》、ようまいった。そなたと琴乃の顔を見ておれば、わしは元気が出る。苦い薬も、甘いというものじゃ」

先ほどまで苦そうな顔をしていただけに、小春は琴乃と目を合わせて笑った。

「まあまあ、にぎやかだこと」

祖母の益子《ますこ》が寝所に入ってくると、二人の孫娘の前に正座し、背中に隠していた折敷を差し出す。

小春は目を輝かせた。

「これはもしや、中津屋《なかつや》の栗きんとんでは」

年よりめいたしゃべり方に、祖父母は笑った。

小春は皿を取り、さっそく口に運んで幸せそうな顔をする。

「これ、この味。ほのかに甘くてしっとりしていて、美味しい」

松哲が嬉しそうに言う。

「お前はほんとうに、それが好きじゃの」

「これは今の時季しか食べられない物ですもの」

「確かにの。もっとあるから、好きなだけ食べるがよいぞ」

「はい」

頬張る孫娘を見て、益子が言う。

「お前が来ると聞いて、お爺様が張り切って取り寄せたのですよ」

「お爺様、ありがとうございます」

にこやかに頭を下げる小春に、松哲は満足そうだ。

「わしらは、これがよいの」

琴乃が求めた饅頭を妻に差し出した松哲は、二つ目を口に運ぶ。

その様子を見ていた琴乃は、寛斎が言ったとおり快復は近いと思い、安堵するのだった。そして、居住まいを正して告げる。

「お爺様、お願いがございます」

三つ目を取る手を止めた松哲が、心配そうな顔をする。

「改まって、いかがした」

「しばらく、ここにおりとうございます」

三つ指をついて懇願する孫娘の気持ちを汲んだ松哲は、目を細めた。

「寛斎が文にしたためておったが、薬について熱心に学んでおるそうじゃな。続けたいのか」

「先生のように、極めとうございます。実を申しますと、先ほどのお薬は、先生の教えをいただき、わたしが調合いたしました」

「聞いたか益子。わしは、病を得た甲斐があったというものじゃ」

「またそのようなお戯れを」

あきれ顔をする益子は、琴乃に向く。

「わたしたちはいつまでいてくれてもよいですが、堅物の帯刀が承知しましょうか」

祖父の看病を願い出た時、確かに父は難色を示した。

そのことを知っている従姉妹の小春が口を挟む。

「伯父上は、琴乃を屋敷に囲っておきたいのでしょうし、まして寛斎先生の小さなお住まいに通うのは、許されないでしょうね」

松哲が笑った。

「案ずるな。帯刀とて寛斎を尊敬しておるからこそ、此度琴乃が通うのを許したのじゃ。何よりわしの一言で、承諾する」

「では、長生きをしていただかないといけませんね」

益子が言うと、琴乃と小春は揃ってうなずき、小春が松哲に薬をすすめた。

「これ、飲みすぎは毒じゃ。よさぬか」

琴乃は、戯れる小春の手を拒む笑顔も元気そうになった祖父を見て、改めて、薬の知識を極めたいと思うのだった。

ふと、伊織の寂しそうな横顔が目に浮かんだ。

なぜなら、寛斎が今、伊織の母が患う胸の病を治す薬はできぬものかと、頭を悩ませているのを知っているからだ。

祖父のように、快復に向かう者がいるいっぽうで、薬の力が及ばぬ者もいる。

寛斎と向き合う伊織を思い出すと、琴乃はなぜか、胸が痛むのだった。

四

「若、小春日和ですな」

縁側に座り、気持ち良さそうな顔を空に向けた篠塚一京《しのづかいっけい》に言われて、伊織も見上げた。

晴天の空を、一羽の鳶が円を描いて飛んでいる。

伊織は、父十太夫がもっとも信頼を置く師範代を兄に次いで慕い、道場の稽古がない時は家を訪ね、他愛のない話をするのが好きだった。

一京もまた、伊織を弟のように可愛がり、時には学問まで教えていた。

そんな一京が今関心を持っているのは、世の中の動静だ。

五年前、浦賀沖にアメリカの黒船が現れた時の大騒動は伊織の記憶にもあり、公儀の対応に不満を持つ輩が起こす物騒な事件が相次いでいる。つい先日も、実質この国を動かしていると言っても過言ではない大老井伊直弼の暗殺を企てた若侍たちが、決行するべく隠れ家に集まっているところへ役人たちに踏み込まれ、捕らえられた者たちは晒し首にされたと聞いている。

兄と一京は、このままでは日ノ本は外国に潰されると考え、今の幕府のやり方に不満を持っていたが、伊織に話の水を向けることはなかった。

二人を尊敬している伊織が、話に加わりたい一心で黒船のことに触れた時などは、

「その話は一切するな」

と、急に不機嫌になったこともある。

以来一度も口に出していない伊織は、気になっている話を切り出した。

「そういえば、服部瑠衣《はっとりるい》様が来られなくなってひと月が過ぎますが、何か知らせがありましたか。まさか、このまま辞められるのでしょうか」

一京は伊織に顔を向け、首を横に振る。

「あいつは、身体の具合が良くないらしいですぞ。仲が良い者が心配して訪ねたところ、当分休むと言ったそうです。風邪をこじらせたと聞いております」

「長いですね」

「咳が止まらず……」

言いかけて、一京はやめた。胸を患う母の身を案じる伊織に気を遣ったのだ。

「心配ですね」

伊織がぼそりとこぼすと、一京は話題を変えた。

「そのうち良くなります。それより腹がすきませんか。長楽庵《ちょうらくあん》の蕎麦などはいかがです」

神楽坂《かぐらざか》の番付で大関になっている味に、伊織は二つ返事で賛同した。

「あそこの稲荷寿司を食べたいと思っていたのです」

「では行きましょう」

一京は笑って立ち、刀を取った。

道場から出る月の手当てで暮らしている一京は、決して裕福ではないはずなのだが、たまに行く長楽庵では、伊織にたらふく食べさせてくれる。

神楽坂から細い路地に入ると、急に静かになる。石畳が整備された路地を少し歩いていくと、仕舞屋を店に改装した長楽庵が見えてくる。入り口に続く竹垣のところには客が並んでいた。

一京と伊織は最後尾に並び、四半刻《しはんとき》（約三十分）もしないうちに順番が回ってきた。

店の中は仕舞屋だった頃の板の間をそのまま使い、襖を外して部屋を続きにしているため、広く見える。

店の小女に案内された場所に、一京と向き合って座った。

座敷は客で混み合っているが、適度なあいだが取ってあるため不快ではない。

老若男女の客たちが世間話に花を咲かせながら、蕎麦と稲荷寿司を堪能している。

空腹だった伊織は、注文した品を待つあいだ、出汁のいい香りに腹の虫が鳴った。

蕎麦打ち職人が一定の間隔で蕎麦を切る音が店中に響き、客たちは旨そうに食べている。

食欲が増した伊織は、かけ蕎麦を一杯だけにして、稲荷寿司は好きなだけ食べた。

十個目を手に取った時、一京が呆れたように笑った。

「今日はよく食べますね」

伊織は微笑む。

「この甘辛い味が、止まらなくなるのです」

「食欲があるのは、良いことです。わたしのもどうぞ」

二つ並べてある皿を差し出されて、伊織は遠慮なく受け取る。

「ああ、旨かった。ごちそうさまです」

腹をさすって言う伊織に、一京は目を細める。

「先生と奥様に、稲荷を持って帰りますか」

「父は今夜、道場主の集まりですからお気遣いなく」

「そういえばそうでした。では、奥様に……」

店の者に包ませたのを受け取った伊織は、貸本屋に行くと言う一京と別れ、家路についた。

裏から入り、庭を回って母の臥所にゆく。

布団に座し、大切に育てている蠟梅《ろうばい》を眺めていた母が、伊織に微笑んだ。

伊織は、自分の背丈ほどに成長している枝を見つつ縁側に腰かけ、足の土埃を払って上がった。

「蠟梅の蕾が膨らんできましたね」

言いつつそばに正座すると、母は優しい顔をした。

「お前がわたくしに代わり世話をしてくれたおかげで、蕾がたくさん付きました。満開になるのが、今から待ち遠しいですよ」

「では、間近で見られるように、力を付けてください。これは、一京さんからのお土産です」

長楽庵の稲荷寿司は、母の好物でもある。

台所から皿と箸を持って来た伊織は、ひとつ取って差し出した。

母が一口食べて微笑むのを見て嬉しくなり、

「今、お茶を持ってまいります」

また台所に戻り、夕餉《ゆうげ》の支度をはじめていた佐江に淹れてもらい、折敷を持って戻る。

すると、母は二つ目を食べていた。

顔色もすっかり良くなり、食欲も出ている姿に、伊織はほっとするのだった。

茶に息を吹きかけて冷ました伊織は、湯呑みを差し出した。

受け取った母は、枕元を示して告げる。

「父上がお留守のあいだに、智将から便りが届きました。そこに、そなた宛てのものもあります」

枕元に、両親と伊織に宛てた二通の文があった。

「これが届く頃は、上方に入っていると書いてありました」

兄の旅の無事に安堵した伊織は、母の前で封を切って文を開いた。


旅先で出会う料理の旨さには驚かされるばかりで、お前にも旅をすすめたい

ところだが、くれぐれも両親を頼む。道場のことは、お前がいるから何も心配していない。

兄らしからぬ呑気な言葉に、伊織は自然に表情が緩む。

「なんと書いてあるのです」

母に問われて、伊織は差し出した。

「お元気そうです」

目を通した母が、愉快そうに笑った。

「いったい何を食べているのやら」

「食べすぎて太れば、打ち込む剣に重みが出ますね」

伊織に文を戻した母が、真面目な顔で問う。

「お前も、修行の旅に出たいですか」

「いえ、わたしは……」

「わたくしはこれまで、お前に次男としての心得を説き、押さえつけてまいりました。本心は、智将のごとく、剣の道に生きたいと思うているのではないですか」

「思うておりませぬ」

文を引き取る手を取った母が、手の平をさすった。

「この剣だこが、そなたの本心でしょう。兄に勝てる力を隠すのは、辛くはないですか」

伊織は手を引き、母に傅《かしず》く気持ちを示す。

「次男と心得、決して、兄の前に立ちませぬから、どうかご安心を」

兄弟が跡目を争うのをもっとも心配している母のため、伊織は爪を隠している。そうするよう育てたのは、他ならぬ母だ。

それゆえ、父も伊織の実力を見抜いていない。

「お前は、いずれこの家を出る身。それまでは、決して父上の目に留まってはなりませぬ」

強いほうに跡を継がせようとするのを恐れた母により、幼き頃からそう言われて育っている伊織は、これが当たり前のこと。

跡取りとして厚遇され、思うさま剣の腕を磨く兄に嫉妬したことなど一度もないだけに、両親と道場を託すようにも取れる言葉に戸惑い、また母も、兄弟のあいだのわだかまりを疑っているに違いなかった。

伊織は、そんな母に告げる。

「寛斎先生曰く、憂いは肺を傷つけるとのことです。どうか、ご心配なさらず、穏やかにお過ごしください」

母は微笑んだ。

「わたくしのいけないところです。そなたがそう申すなら、もう心配しません」

横になる母を助けた伊織は、布団を掛け、眠りにつくのを見届けたのちに、稲荷寿司と湯呑みを持って下がった。

五

翌日の午後、門人から、父が道場に呼んでいると言われた伊織は、稽古をつけてもらえるのだろうかと期待に胸を膨らませて行った。

道場に近づくにつれ、裂帛《れっぱく》の気合をかける門人たちの声と、打ち合う木刀の音が大きくなる。

廊下で片膝をついた伊織は、声を張る。

「父上、まかりこしました」

見所で稽古を見守る十太夫は、正座していてもまったく隙がない。

兄とは違い、日頃は親子の会話が少ないだけに、伊織は緊張する。

手招きに応じて道場に足を踏み入れた伊織は、そばでふたたび片膝をついた。

告げられたのは稽古ではなく、使いだ。

落胆を表情に出さず笑みを浮かべる。これも母から学んだことで、自然とそうできる。

「承知いたしました」

快諾して下がった伊織は、母の世話を佐江に託して道場の裏から出かけた。

急いで向かったのは、赤城明神の近くに店を構える、父が馴染みの刀剣屋だ。

真友堂《しんゆうどう》という刀剣屋は、古くからこの地に店を構え、四代目のあるじ幸兵衛《こうべえ》は目利きとして名が知られている。

築百年。火事を逃れ、地震に耐えてきた店はやや傾いているものの、幸兵衛はこれがいい味なのだと言って、修繕する気がないらしい。

苔が生えている茅葺き屋根を見上げた伊織は、開けられている戸口に足を踏み入れた。

店頭に置かれている刀はどれも安物だと父が言っていたが、一人の侍が、手代の話を聞きながら抜き身の刀身を眺め、買うかどうか思案している。

邪魔をしないよう店の奥に足を運ぶと、店主の幸兵衛が顔を見るなり刀簞笥のところに行き、太刀袋に入れた刀を手にして来た。

「伊織様、こちらが、お父上に頼まれていた品です」

太刀袋から大刀を取り出し、巻きなおした柄の具合を確かめてくれという。

受け取った伊織は、柄を見つめる。高価な鮫皮も新しくしており、やや青みを帯びた柄糸の篠巻《しのまき》も、申し分ない。

「よろしいかと」

笑みを浮かべる伊織に、幸兵衛は安堵の息を吐く。

「まずは一安心。あとは、十太夫様がなんとおっしゃるか」

「父は確かに厳しいですが、幸兵衛さんが納得されているなら大丈夫だと思います」

幸兵衛は謙遜の笑みを浮かべる。

「では、伊織様からよろしくお伝えください。今お茶を……。いや、伊織様は甘い物がよろしいですな。おーい、隣の甘酒を買ってきておくれ」

「はい、ただいま」

刀を買わずに帰った客を見送っていた手代が応じてそのまま行き、伊織が上がり框に腰を下ろして間もなく戻ってきた。

生姜が利いた馴染みの味に、伊織は微笑む。

そばに正座している幸兵衛が切り出す。

「ところで伊織様、道場はまた門人が増えたそうですね」

ひと月前に入門した者たちのことだと思った伊織は、湯呑みを口に運ぶのを止めて応じた。

「はい。二人ほど」

「西国の大名家のご家来だとうかがっておりますが」

「確か、そうだったかと。それが何か？」

「お父上とは、牛込御箪笥町《おたんすちょう》に道場を出された時からのお付き合いですが、今や百余名を誇る大道場。お父上が編み出された一心天流《いっしんてんりゅう》は、剣術と槍術に優れていると、御贔屓の御武家様が褒めておられました」

「さようですか。父に伝えます」

湯呑みを置く伊織に、幸兵衛が自分のを差し出す。

「手を付けていませんから、もう一杯どうぞ」

伊織は断れず、では、と言って湯呑みを取った。

幸兵衛が穏やかに言う。

「伊織様は、十八歳になられましたか」

先日もこの話をしたと思う伊織だが、微笑んで応じる。

「兄と違い、まだまだ未熟者です」

「剣術のことではなく、隣の家を買って敷地を倍にされて十年。智将様と伊織様が立派に成長されて、そろそろ御屋敷が手狭になってきたのではないですか」

伊織は察した。

「幸兵衛さんからすすめられた土地のことは聞いています」

すると幸兵衛が身を乗り出す。

「お父上はなんとおっしゃっていましたか」

「今より広く、場所も申し分ない土地だと」

「では……」

「いえ、移らないと申しておりました」

幸兵衛はあからさまに肩を落として見せ、ため息までついた。

「近くに来てくだされば、いいと思ったのですがねぇ」

「今でも近いではありませんか。それに、今このあたりは静かですが、道場が来ると、稽古の音がうるさくなりますよ」

「そんなのはいいんです。近くに来ていただけると、道場に通われる方々に立ち寄っていただけるようになる。とまあ、手前の商売っ気を出したわけで、お安くお譲りしてもいいと思った次第でございます」

「父がどうお考えなのか、わたしには分かりかねます。今は兄もおりませぬし」

幸兵衛が、わたしとしたことが、と言って額をたたいた。

「そうでした。智将様は、今はどちらにおいでなのですか」

「上方におりましょうが、旅ははじまったばかりですから、戻るのはまだ先かと。土地のことは、父にお聞きください」

「承知しました。引き止めてしまって、申しわけございません」

「いえ。旨い甘酒をごちそうさまでした」

父の刀を持って外に出た伊織は、吹いている強い風を嫌い、袖で目元を隠した。

見送りに出た幸兵衛が、空を見て言う。

「この雲行きはひと雨来そうですから、傘をお持ちください」

「来る時は晴れていたのに……」

「この時季は、変わりやすいですからね」

戸口に置いてある番傘を取った幸兵衛が、笑顔で差し出す。

「走って帰りますから」

「いけません。せっかく新しくされた柄が濡れると、お父上に叱られます。傘はお返しいただかなくて結構ですから、お持ちください」

それもそうだと思った伊織は、傘を受け取って礼を言い、家路についた。

急な赤城坂を上がっている時、大粒の雨が落ちてきた。

冷たい風が吹き、雨足が強まりそうだ。

傘を開いて歩いた伊織は、ふと、門前町にある饅頭屋の軒先に目を向けた時、見覚えのある立ち姿に足を止めた。

品格のある高島田髷に赤い櫛を挿し、白地に緑や赤の縞模様の小袖に、濃い草色の帯を合わせている。

小顔でふっくらした頰は愛らしく、寛斎から薬について教授される時は夢中になっていても、表情はいつも優しい。

名は確か、琴乃。旗本の娘だと、伊織は心得ている。

付き添いの侍女と空を見上げる琴乃の横顔には、伊織が初めて見る憂いが浮いている。

侍女が饅頭の包みを持ち、琴乃は薬が濡れないよう、袖で隠している。

祖父のために薬を学んでいるのだと寛斎から聞いていた伊織は、帰る途中なのだと悟り、歩みを進めた。

侍女がこちらを見て、見知った伊織に会釈をする。

もうすぐ暗くなるのに、雨は止みそうにない。

伊織は歩み寄り、侍女に傘を差し出した。

「これを使うといい」

侍女と琴乃は、驚いた顔をした。

返答に困る侍女に代わり、琴乃が口を開く。

「そなた様がお濡れになりますから、どうぞお構いなく」

「わたしはよいのです。せっかくの薬が濡れると台無しになりますから」

伊織はそう言うと、ふたたび侍女に差し出した。

侍女は遠慮がちに受け取り、頭を下げる。

「では、お言葉に甘えて」

「ありがとうございます」

琴乃の声を背中に聞きながら、伊織は門前の通りを走り家路を急いだ。

六

「正直に言わぬか!」

昨日の驟雨《しゅうう》が幻のごとく晴れた昼過ぎ、裂帛の気合で稽古をしていた門人たちは、道場に響く怒鳴り声に驚き、静まり返って注目した。

父の前で背中を丸めている伊織を見て、坂木万次郎《さかきまんじろう》が一京に歩み寄る。

「師範代、若は、いったい何を叱られておるのだ」

一京は首をかしげていたが、十太夫の言葉の中に柄がどうのという声が聞こえ、納得したように言う。

「先生が大切にしておられる正宗《まさむね》の柄を新しくされたのだが、若はそれを取りに行った帰りに雨に遭《お》うてしまい、濡らしてしまったのだ」

十太夫の正宗に対する愛着を知っている万次郎は、哀れみを浮かべる。

「昨日は急に降ってきたからな。あの天気だと、仕方あるまい」

「先生は、昨日は腹を立ててらっしゃらなかった。今朝出かけるついでに、正宗をまた刀剣屋に預けるとおっしゃっていたのだが……」

一京がこう言った時、十太夫がまた怒鳴った。

「真友堂は、お前に傘を貸したそうではないか。どういうことだ！」

おなごに貸したと言えるはずもなく、伊織は平身低頭した。

「深くお詫び申し上げまする」

十太夫は目をつむった。

「傘をどうしたのかと問うておる」

穏やかな口調になるのを聞いた一京が慌てた。

「まずい」

万次郎にそう言い、門人たちを分けて前に出る。

「若、正直におっしゃい」

十太夫がじろりと目を向ける。

「お前は黙っておれ」

「はっ」

十太夫は下がる一京を横目に木刀をつかみ、伊織に切っ先を向ける。

「もう一度だけ問う。傘をどうした」

伊織は頭を下げたまま答える。

「途中で寄っただんご屋に、忘れました」

一京は頭を抱え、十太夫は眉をぴくりと跳ね上げ、木刀を片手で振り上げた。

「先生！　なりませぬ！」

聞かぬ十太夫は打ち下ろす。

背中を激しく打たれても、伊織は呻き声をあげず耐えた。

十太夫はふたたび振り上げる。

「わしが命よりも大事にしておる正宗を粗略《そりやく》に扱いおった罰じゃ。覚悟せい！」

びゅっと空を切り、渾身の一撃が伊織の背中に迫る。

だが、木刀は床に当たる寸前で止められた。

間近にいる一京は目を見張った。伊織が横に転がってかわしたからだ。

右膝を立てて背筋を伸ばしている伊織は、両手を両足の付け根に添え、無表情で十太夫を見ている。

「えい！」

十太夫が鋭く木刀を突き出すと、伊織はよけずに、胸にまともに食らった。

初めの当たりは弱かったものの、ずんと力が増した。

身体が浮き、見守る門人たちのところまで飛ばされて背中から落ちた伊織は、一瞬呻いたものの、すぐに気を失ってしまった。

一京が抗議の目を向ける。

「先生、今のは……」

「黙れ」

十太夫は木刀を下ろし、道場から出ていった。

門人たちが心配して伊織を囲み、万次郎が着物の前を割って傷を確かめ、痛そうな顔をした。

喉の下に当たった切っ先の跡がくっきりと浮き、赤黒い痣になっている。

胸を触診した門弟が、安堵の息を吐く。

「骨は折れておらぬようだ」

万次郎が、目を開けぬ伊織に舌打ちをする。

「下手によけるから、先生が本気になられたのだ」

すると、門人の一人が声をあげた。

「しかし、身のこなしは見事だったぞ。あれはまぐれなのか？」

万次郎が言う。

「剣術はからきしでも、身体に流れる先生の血が、危機から逃れようとしたのだ。あの渾身の一撃をまともに背中で受けておれば、肺が破れていたはずだからな」

「ははあ、恐怖が、無意識のうちに身体を動かしたか」

納得して感心する門人たちの前で、伊織は咳き込んだ。

助け起こした一京が問う。

「具合はどうだ」

「大丈夫です」

息を大きく吸った伊織は、胸の痛みに顔を歪め、つい、笑いが出た。

一京が真顔で問う。

「何が可笑《おか》しい」

「久しぶりに、父の稽古を受けた気がします」

すると門人たちは、哀れみを含んだ笑みを浮かべた。

木刀で打たれるのがいやで、つい、母の教えを破ってしまった後ろめたさから、笑って誤魔化したものの、胸への強烈な一撃は、さすがにこたえた。

「悪いのは、わたしですから」

伊織は皆にそう言って、母の看病に戻った。

翌朝、父と朝餉《あさげ》をとっていた伊織は、下女の佐江からおかわりをするよう促され、飯茶碗を差し出した。

佐江は受け取るなり、伊織の胸元を凝視する。

「そこを突かれたのですか」

十太夫は、日頃から口うるさい佐江にちらと目を向け、黙然と食事を続けている。

すると佐江が、不服そうな顔を向ける。

「先生、ご覧になってください。いくらお怒りになったとはいえ、胸がこんな痣になるまで突かなくてもよろしいではありませんか。可哀そうに、痛かったでしょう」

伊織は、痣をさすろうとする佐江に苦笑いをした。

「子供扱いはよせ。それに、悪いのはわたしだ」

拒む手を強く引かれ、身を寄せられる。

「こんなに皮がむけて、腫れているじゃないですか。傷が膿んだら大ごとですから、手当てをしなきゃ」

佐江はいそいそと戸棚から薬箱を取ってくると、伊織の着物の両肩を外させた。傷に薬を塗り、晒《さらし》まで巻こうとしたので、伊織がその手を止める。

「佐江、これは大袈裟だ」

「いいんです」

佐江はきつく縛り、満足そうだ。

そのあいだ黙って食事を続けていた十太夫が、茶を飲んで一息つき、伊織に顔を向ける。

「何ゆえ、突きをかわさなかった」

伊織は微笑んだ。

「かわそうとしましたが、父上には敵わず……」

父にも爪を隠すようにとの母の教えに、伊織は従っている。

それを見抜いているかどうかは伊織の知るところではないが、十太夫は、落胆とも苛立《いらだ》ちとも取れる鼻息をつき、話を切り出した。

「今日の試合にお前を出そうと思うていたが、やめておこう。今のお前が試合に出たところで、恥をかくだけじゃ」

　佐江が驚いた。

「旦那様、伊織様が試合なんてとんでもないことです」

「そう怒るな。出さぬと言うておろう」

　煙たそうにする十太夫は、稽古をすると告げて立ち、道場に行こうとして、思い付いたように伊織に告げる。

「今日は先代の命日だ。墓参を忘れるでないぞ」

「父上とご一緒したく存じます」

「わしは忙しいゆえ、朝早うまいってきた。母さんの分も手を合わせてまいれ」

　てっきり供ができると思っていた伊織は落胆したが、面《おもて》には出さず、笑顔で応じた。

　佐江に母の看病を託して一人で出かけた伊織は、牛込横寺町《よこでらちょう》にある菩提寺、円満《えんまん》寺《じ》に足を運び、途中で、祖父が好きだった菊の花と線香を求め、墓所に入った。

　先祖の墓には、父が供えた真新しい菊がある。

　線香の束を焚いて横向きに置いた伊織は、手を合わせて念仏を唱えた。

先祖には、願いごとをせず礼を述べるだけにするよう母から教えられているが、今の伊織は、母の病気快癒を願わずにはいられない。

何度も墓標に頭を下げて願った伊織は、住職にあいさつをするべく、本堂に足を運んだ。

先に声をかけたのは、本堂の横手から出てきた住職の雲慶《うんけい》和尚だ。

「伊織、一人でまいったのか」

白髪の眉毛が長く垂れている顔は、いかにも徳の高そうな人物に見えるのだが、女癖の悪い、俗気の多い坊様だ。

伊織は、この和尚が嫌いではなかった。

「父の供をするつもりでしたが、後れを取りました」

「十太夫殿は、今忙しいようじゃからの。暗いうちにまいられておったぞ。そなたが手を合わせて、お爺様が喜ばれたであろう。お前が好きな甘酒があるから、飲んでゆけ」

雲慶がこしらえる甘酒は旨い。伊織は二つ返事で応じて、雲慶が一人で暮らしている庫裏《くり》へ足を踏み入れた。

土間を奥に行くと、檀家の者を招く時に使う板の間がある。広い部屋の中心には囲炉裏があり、床は隅々まで磨かれて黒光りがしている。

促されて草履を脱いだ伊織は、足の埃を払って上がり、囲炉裏端に正座した。

振り向けば、六畳間の向こうに庭が広がり、紅葉が終わろうとしているものの、和尚自慢の景色だけに、一幅の絵のようだ。

一人暮らしには広すぎる台所に立った雲慶が、温めた甘酒を持って来た。

湯呑みを受け取る伊織の、胸元を指差す。

出かける時に、佐江が大袈裟に巻いた晒を取っていたせいもあり、礼を述べて頭を下げた時に傷を見られたようだ。

「修行のたまものか」

心配するというよりも、表情が笑っている。

「いえ……」

「であろうな。何か悪さをしたのか」

お見通しの雲慶に、伊織は敵わないと苦笑いする。

「また、父を怒らせてしまいました」

「何をやったか知らんが、お前は、十太夫殿を怒らせる才覚を持っておるな」

「兄からも、よく言われます」

「まあいい。男は、父親を怒らせるくらいが丁度良いのだ。親の言いなりになる男は、つまらぬ」

「このたびは、わたしが悪かったのです。父が大切にしている刀を、雨に濡らしてしまいましたから」

　雲慶は目を細める。

「十太夫殿は、短気なところがあるからの。じゃが、それほど強く痛めつけるのは、お前に期待をしておる気持ちの表れじゃ」

「そうでしょうか……。期待をされているとは思えませぬが」

「どうしてじゃ」

「今日の総稽古で勝ち抜きの試合があるのですが、わたしは出してもらえませぬ」

「初音道場の代表を決める話は聞いておるぞ。近々、湯島《ゆしま》の昌福寺《しょうふくじ》に江戸中から町道場の代表者が集まり、勝ち抜き戦をするそうじゃな」

「はい。残った者が、城でおこなわれる御前試合に出られるのです」

雲慶は、憂いを含んだ目を伊織に向ける。

「昌福寺の試合に出す者を、今日決めるのか」

「はい」

呑気に答える伊織に、雲慶は渋い顔をした。

「そのような大事な試合に、何ゆえお前を出さぬ」

伊織は微笑みさえ浮かべて見せた。

「未熟者ですから、恥をかくだけです」

雲慶は探るような目つきをする。

「そんなことは……、あるか……」

口を閉じて納得したような顔をする雲慶に、伊織は笑った。

「まあ、まだ洟垂《はなた》れ……、いや、若いのだから焦らずともよい。さ、もう一杯飲め。そうじゃ、お前が好物の餅を焼いてやろう。砂糖醤油をたっぷり付けてな。待っておれよ」

元気づけようとしてくれる雲慶に甘えた伊織は、餅を八つも食べ、将棋にも付き合って、思わぬ長居をした。

七

伊織が雲慶と将棋を指している頃、道場では朝から続いていた試合が終わり、勝ち残った坂木万次郎が皆から祝福されていた。

敗れた一京が、誰よりも万次郎を称え、肩を抱いて言う。

「わたしを負かしたからには、必ず昌福寺で勝ち残り、御前試合に出てくれよ」

万次郎は、汗が流れる顔に笑みを浮かべてうなずき、

「先生と師範代のご期待に応えます」

力強く述べた。

ささやかな酒宴がはじまろうとしたその時、外で号令の声が響いたかと思うと、寄り棒を持った役人たちが現れ、道場へ土足で踏み込んできた。

「何ごとか！」

「無礼であろう！」

門人たちが騒然となり、木刀を持って対抗しようとするのを大声で制したのは十

太夫だ。

「やめい！　木刀を下ろせ！」

「しかし先生」

「下ろせと言うておる！」

十太夫の大音声《だいおんじょう》に、試合に出ることを許されていた四十人の門人たちが従い、揃って正座し、木刀を背後に回して床に置いた。

それを見計らうように入ってきたのは、羽織袴に陣笠を被った、幕府の役人だ。

「公儀目付役の磯部《いそべ》兵部《ひょうぶ》だ。本日出張ったのは他でもない。幕府転覆をたくらむ輩が徒党を組んでおるという訴えがあったゆえ、これより検める。皆、そこを一歩も動くでないぞ」

傲然《ごうぜん》たる態度で告げた磯部は、側近の者に顎で指図する。

応じた側近が、配下の者たちと証《あかし》となる物を探しにかかった。

役人は菫の臥所にも入った。

佐江と話していた菫は驚きながらも、役人に対し気丈に振る舞う。

「何ごとでございますか」

「命令により検める」

若い役人はずかずかと奥へ行き、簞笥や行李など、部屋中の物を容赦なくひっくり返して、怪しい物を隠していないか検めた。

菫の布団まで剝ごうとする徹底ぶりに、佐江はやめてくれと悲鳴をあげ、抵抗した。

「邪魔だ！」

「どかぬと痛い目に遭わせるぞ！」

菫は従い布団から出ようとしたのだが、咳が出て止まらなくなった。

「奥様！」

佐江の悲鳴が道場に届くと、一京が木刀を持って立ち上がろうとしたのだが、十太夫が腕をつかんで止めた。

「騒ぐな」

「しかし、奥様が……」

「動くなと言うておる」

腕を引いて座らされる一京を厳しい目で見ていた磯部は、戻ってきた側近から耳打ちされ、何も出ないと知って舌打ちをした。

「文と書状は持ち帰って検める。すべて集めよ」

命じた磯部は十太夫を睨み、馬の鞭を向ける。

「初音十太夫、我が役宅にて取り調べる。大人しく従え」

十太夫は座したまま頭を下げ、

「承知つかまつった」

こう述べて立ち上がった。

その堂々たる態度と、黙って座している門人たちの様子に磯部は鼻白んだが、

「必ず暴いてやる」

言葉を吐き捨て、縄を打たせた。

いざ道場から連れ出そうという時になると、四十人の門人たちは役人と一戦まじえる覚悟で止めようとしたが、またしても十太夫の一声によって静まり、ただ一人、十太夫のみが連れて行かれた。

苛立った万次郎が、一京に言う。

「若は、どこで何をしているのですか」

「ご先代の墓参りだ」

「それは知っています。こんな時に、遅いと言うておるのです」

「雲慶和尚に捕まっているのだろう。伝えに行くから、皆を落ち着かせてくれ」

一京がそう告げた時、

「若！」

門人の一人が声をあげた。


今日も将棋で雲慶和尚に歯がたたなかった伊織は、詰めの甘さを考えていた時にかけられた大声に、びくりとして顔を上げた。

道場の入り口から走って来る門人たちに足を止める。

皆血相を変え、尋常でない様子だ。

「どうしたのです？」

前に出て皆を止めた万次郎が、伊織に振り向く。

「若、大変です。先生が倒幕派の疑いをかけられ、磯部兵部という目付役に連れて行かれました」

伊織は絶句した。

「何ゆえ父上が……」

「濡れ衣に決まっていますが、心配です」

「どこに連れて行かれたのです」

「番町にある磯部の役宅です」

詳しい場所を聞く前にきびすを返す伊織だったが、一京に腕を引かれた。

「お待ちを」

「離してください」

「若が行かれても、どうにもなりません。先生は幕府を倒そうなどと微塵も考えておられぬのですから、すぐに疑いは晴れるでしょう」

「しかし……」

「騒げば付け込まれます。ここは落ち着いて、先生を信じて待つのが得策かと」

伊織は焦った。

「いかに父でも、相手は目付役です。わたしが行って、無実を訴えなければ……」

「なりませぬ」

腕をがっしり組まれた伊織は、道場に引き戻された。

騒ぐ門人たちを集めた一京が、大声で静かにしろと言ったのだが、もともと幕府に一物持っている外様大名の家臣の息子や浪人の息子が多いため、興奮が収まらない。

「皆で役宅に行って、座り込みをするのはどうだ」

血気盛んな門人が声をあげると、賛同する者が次々と立ち上がった。

「待てと言うておる！」

怒鳴った一京が、皆を座らせて言う。

「そのようなことをすれば、あの目付役の思う壺だ。おぬしたちは、奴が我らに手を出さなかった意味が分かっておらぬ」

「師範代、それはどういう意味ですか」

問う弟弟子に、一京が厳しい顔を向ける。

「皆で役宅に押しかけてみろ。奴は必ず、我らを幕府に抗う輩と決めつけ、先生はその頭目にされて、牢に入れられてしまうぞ」

「そんな……」

「あり得ませぬ」

「そうです。無実を訴えて何が悪いのですか」

「まあ聞け」

一京は静まるのを待ち、皆に聞こえるよう声を張る。

「幕府は今、アメリカとの条約に不服の声をあげる者たちを抑えるのに躍起になっている。磯部の言葉は、幕府の言葉そのものだ。先生が疑いをかけられている今迂闊に動けば、無実の罪を着せられて罰を受ける恐れがある」

押し黙る者たちを順に見た一京は、立ったまま拳をにぎり締めている伊織の肩を抱いた。

「心配でしょうが、堪えて待ってください。先生は潔白ですから、磯部に付け入る隙を与えなければ、必ず戻られます」

伊織は無言でうなずいた。

一京が言う。

「皆で家を片づけるぞ」

「母上……」

伊織は真っ先に道場を出ると、菫の臥所へ走った。廊下を曲がると、片づけをはじめていた佐江が、廊下にまで飛ばされていた箪笥の引き出しを取ろうとして両手をかけ、大きなため息を吐いた。

「まったくもう、役人てのは、酷いことするよ」

伊織が駆け寄る。

「佐江、腰を痛めるから無理をしてはならぬ」

振り向いた佐江の顔を見た伊織は、目を見張った。

「殴られたのか」

赤く腫れている右の頬に触れると、佐江は目に涙を浮かべた。

「こんなの、どうってことありませんよ」

「痛そうだ」

「半刻も冷やせばすぐにひきます」

やせ我慢をして笑みを浮かべる佐江にすぐに冷やしたほうが良いと告げた伊織は、臥所に入った。

菫は、畳に敷かれている布団におらず、散らかった着物を集めていた。

「母上、横におなりください」

「これくらい大丈夫です。それより何があったのですか」

父が役人に連れて行かれたと言えば、母は心配する。心労は胸の病に悪いと寛斎から言われている伊織は、伝えることができなかった。

口籠もる伊織に、菫は言う。

「伊織、正直におっしゃい」

隣では、門人たちが部屋を片づける声がしている。簞笥の引き出しを持って来た佐江が、心配そうな顔で伊織を見てきた。

伊織はふたたび母に促され、隠し通せることではないと思い口を開いた。

「父上が幕府転覆をたくらんでいる疑いで、連れて行かれました」

菫は目を見開き、絶句した。

佐江はと言うと、大騒ぎをするかと思いきや鼻で笑う。

「あれまあ、馬鹿なお役人だこと。清廉潔白の先生を捕らえて恥をかくのは、あちらさんじゃないですかね。ねえ奥様」

父を信じて疑わぬ佐江の言葉に、菫は微笑んだものの、辛そうに胸を押さえた。

伊織が手を差し伸べる。

「母上、横におなりください」

応じようとした菫は咳き込み、伊織が背中をさすっても止まらなくなった。

苦しむ母を抱き上げた伊織は、先日よりも軽くなっているのに驚き、ゆっくり布団に下ろした。

「佐江、先生を迎えに行くから母を頼む」

応じた佐江が、咳が止まらない母のそばに寄り添うのを見た伊織は、寛斎の家に走った。

午後の道は人が少なかった。伊織は狭い路地を近道して行くと、格子戸と表の戸を開けっぱなしにして上がり、先生、と声を張って部屋に入った。

いつもの場所で座している寛斎の前に正座していた琴乃が、驚いた顔で振り向いた。

伊織は琴乃に会釈をして、寛斎に告げる。

「母が苦しんでおりますから、お願いします」

心得ている寛斎は渋い顔でうなずき、文机に手をついて立とうとした。

伊織は寛斎を背負い、道具箱を手にして琴乃に向く。

「先生をお借りします」

そう断り、表に向かった。

外に出ると、背中で寛斎が言う。

「おい伊織、駕籠《かご》がおらぬではないか」

「このまま走ります。しっかりつかまっていてください」

寛斎を背負いなおした伊織は、細身の身体のどこにそんな力があるのかと思える速さで走った。

裏から入り、庭から母の臥所に行くと、一京たち門人が集まっていた。佐江が焦った顔で廊下に出てくるのを見て、伊織はいやな予感がした。

佐江が悲痛な声を張る。

「先生、奥様が気を失われました」

伊織は寛斎を背負ったまま縁側から上がり、心配そうにしている一京たちが場を空けるあいだを抜け、母のそばにゆく。

佐江に障子を閉めさせた寛斎が、菫の寝間着の前を開いて、筒の器具を胸に当てて音を聴く。寝間着を整えた寛斎は、続いて脈を取り、真顔で目を閉じた。

伊織が問う前に、佐江がにじり寄る。

「先生、いかがですか」

寛斎は答えず、じっと脈を取っている。

短いあいだだが、伊織は千秋のごとく感じた。

肩で息をして苦しそうな菫の様子を見ていた寛斎が、そっと手を置き、伊織に向く。

「十太夫殿を呼んでまいれ」

佐江が口に手を当てて悲痛な声を殺す横で、伊織は寛斎の目を見る。役人に連れて行かれたわけを話すと、寛斎は怒気を浮かべた。

「今、磯部と申したか」

「はい。ご存じですか」

「磯部兵部。倒幕派の掃討を命じられたと聞いておったが……」

寛斎は、菫の耳に入れまいとして口を閉じた。

察した伊織は、母のことを問う。

「先生、母は……」

「脈が乱れ、血の流れが滞っておる。息の苦しみは、長いあいだ走り続けるに等しく、覚悟せねばならぬ時が来たようじゃ」

「そ、そんな……。先生、母は顔色も良く、厠へ歩いて行けるほどになっていたのです。目をさますとおっしゃってください」

「良うなったように見えていただけであろう。無理をされていたに違いないが、騒動が起因となり、一気に悪うなったとしか思えぬ。心穏やかに過ごさねばならぬ時に、何ゆえこのような騒動になったのじゃ」

「分かりませぬ。なんの前触れもなくやって来たのです」

寛斎は渋い顔で立ち上がり、右足を引いて廊下に出た。

控えていた門人たちが悔し涙を流しているのを見た寛斎は、いっそう険しい表情になり、臥所から離れる。

伊織と一京の二人だけがあとに続くと、夕暮れ時の庭を臨む廊下で立ち止まった寛斎が、西日を背にして告げる。

「ひと月はゆうに過ぎるが、井伊大老の暗殺をたくらんでおった者が、御公儀の手によって捕らえられた。その功を立てたのが磯部兵部じゃと、聞いておる。おぬしら、知っておったか」

伊織は初耳だ。

一京も同じようで、首を横に振った。

寛斎は告げる。

「磯部兵部は、倒幕派の掃討を担う者の中でも特に厳しく、目を付けた者は決して逃さず、冷淡で容赦せぬと聞く。十太夫殿が捕らえられたのは、本人か、もしくは、門人の中に倒幕をたくらむ者がおると睨んだからに相違ない。心当たりはないか」

「ございません」

即答する一京を見た寛斎が、伊織に目を向け、ため息を吐いた。

「お前が知るはずもないか」

「はい」

「十太夫殿が倒幕をたくらむ男でないのは、わしもよう心得ておる。門人について何も出なければ、生きて戻ろう。そう信じて、今は待つしかない。下手に動かぬことじゃ。決して、放免の嘆願をしてはならぬぞ」

門人を説得していた一京は、神妙な顔で顎を引く。

伊織もはいと返事をした。

臥所に戻った寛斎は、菫の脈をもう一度取り、伊織に告げる。

「今晩が山じゃ。そばにいてさしあげよ」

不治の病と覚悟していたが、容体の急変に付いていけぬ伊織は、震える手を差し伸べ、手をにぎって母の温もりを感じた。

「母上、父上は心配いりませぬ。ですからどうか、目を開けてください」

苦しそうに息をする母が、うっすらと瞼を開いたように見えた。

伊織は両手に力を込めて声をかけたが、意識は戻らない。

外が暗くなり、佐江が行灯《あんどん》に火を入れた。

廊下に控えている門人たちは帰ろうとせず、むしろ増えていた。

十太夫の身を襲った災難を聞いて駆け付けた門人の中には、菫の急変を知って、磯部に対して恨みの声をあげる者もいる。

そんな門人たちのために、佐江は気丈に働き、米を炊き、むすびを作ってふるまった。

「伊織様も、お食べください」

差し出してくれた佐江に顔を上げた伊織は、寛斎が食べているのを確かめ、首を横に振る。

母の温もりから手を離さずにいると、やがて、外が白みはじめた。

苦しそうだった母の息は、次第に穏やかになっている。

にぎっていた手に力が込められた伊織は、身を乗り出した。

「母上、聞こえますか」

すると、母はゆっくり目を開け、伊織を見て微笑んだ。

「母上、良うございました」

安堵する伊織に、菫が語りかける。

「伊織、この先何があろうと、決して人を恨んではなりませぬ。人を恨めば、己の身を滅ぼすと心得よ」

「母上……」

「いいですね」

手を強くにぎられた伊織は、うなずいた。

「お言葉、胸に刻みまする」

「父上と智将を、頼みます」

菫は伊織の頰に手を伸ばして微笑み、大きな息を吐くと、そのままこと切れた。

「母上……」

脈を確かめた寛斎が、伊織の肩を抱く。

「辛かろうが、菫殿は、楽になられたのじゃ。そう思うて、ねんごろに弔いなさい」

力が抜けた母の手を己の頰に当てた伊織は、むせび泣いた。

父親を連れて行かれ、家を荒らされたのが起因だと思うと、母を喪った悲しみと悔しさが増す。

父はどうしておられるのか。

「若！」

声が廊下に響き、門人の坂木万次郎が臥所に来たのは、伊織が父の安否を想った時だった。

　一京が声を張る。

「何ごとか」

　万次郎が、悔しそうに告げる。

「先生がお戻りになりましたが、痛めつけられ酷い目に……」

　伊織はすぐさま立つ。

「父はどこに」

「打ち捨てられるように門前に置かれてございましたのを近所の者が見つけ、道場に運んでくれました」

　一京がここに運べと言うのを、寛斎が止めた。

「動かすでない。伊織、手を貸せ」

　応じた伊織は、寛斎を背負って道場へ急いだ。

　集まっている門人たちが皆、相次ぐ不幸に悲痛な面持ちをして押し黙っている。

　板戸に乗せられたまま見所の畳に置かれている十太夫は、びくとも動かない。

　そのむごたらしい姿を見た伊織は、息を呑んだ。

「早う下ろせ」

寛斎に言われて我に返った伊織は、顔が青黒く腫れ、目が見えるのだろうかと思うほどの痛々しさに、胸が張り裂けそうになった。

下ろされた寛斎が脈を取り、道具箱から薬を取り出しながら伊織に告げる。

「右足の出血が多いのが気になる。着物を脱がせよ」

応じた伊織は、万次郎に脇差を借り、帯を切った。小袖を開くと、身体中にできた痣に、門人たちがどよめく。

右足を見ると、膝が割れていた。

傷を診た寛斎は、険しい顔を伊織に向ける。

「安心いたせ。十太夫殿は死なぬ。じゃが、右足の傷は深いゆえ、おそらく動くまい」

命が助かったことに伊織は安堵の息を吐いたが、門人たちは色めき立った。

一人が問う。

「先生は、剣を取れぬのですか」

寛斎が厳しい顔を向ける。

「歩くのもままならぬと申しておろう。当人の胸をえぐるような口をきくでない」

十太夫が呻いたので、その門人はばつが悪そうに下がり、頭を下げた。

「伊織よ……」

父に呼ばれて、伊織は手を取った。

「ここにおります」

十太夫は、腫れた目の奥にある眼差しを息子に向けた。

「何ゆえ、寛斎殿がおるのだ。母さんに、何かあったのか」

「父上、母上は……」

手に力を込めた伊織は、母の死を告げようとしたのだが言葉にならない。

息子の涙を見て悟った十太夫は、強く手をにぎる。

「分かった。もう何も申すな。わしのことはよい。母さんのところにいてやってくれ」

たまりかねて突っ伏す門人たちがいる中、伊織は寛斎に促され、母が眠る臥所に戻った。

八

数日後——

琴乃の父、松平帯刀は、井伊直弼の呼び出しに応じて登城し、本丸御殿の御用部屋に出頭した。

そこには磯部兵部がおり、旧知の仲の会釈に応じたものの、井伊大老に慇懃《いんぎん》なあいさつをする帯刀のことを、おもしろくなさそうな面持ちで見ている。

井伊大老はそんな磯部を横目に、帯刀を手招きする。

従って膝行する帯刀を、井伊大老は穏やかな顔で見てきた。

「そのほうも知ってのとおり、わしの命を無きものにせんとした不逞の輩を調べたところ、水戸脱藩の者ではないことが分かった」

表情とは裏腹の厳しい口調に、帯刀は真顔で応じる。

「天狗党でないとすれば、一橋《ひとつばし》派の者ですか」

「捕らえた者どもは、口を割らぬまま水も飲まず、ことごとく息絶えてしもうたゆえ分からぬ」

「なんと……」

　忠義者と言いかけた帯刀は、言葉を控えた。

　井伊大老は、眼光鋭く言う。

「京《みやこ》では、老中間部下総守《まなべしもうさのかみ》と所司代が上様のご期待に応え、倒幕を狙う者どもを次々と捕らえておる。そのいっぽうで、江戸の倒幕派は、一橋徳川家の派閥と水戸徳川家の他にもおるはずだが、まだまだ正体がつかめておらぬ。此度は、未然に防いでくれた磯部のおかげで、このとおり生き長らえておるものの、わしの命を狙う者は数多《あまた》おろう」

　勘働きのする帯刀は、心労が絶えぬ井伊大老の力になる時がきたのだと察し、大きくうなずく。

　井伊大老は、ふと、肩の力を抜いた。

「まあ、わしのことはよい。じゃが、徳川の天下を守るためには、騒動をくわだてる輩を野放しにしてはならぬ。磯部と共に、どのような手を使ってでも倒幕派を炙り出せ」

帯刀は両手をついた。

「承知つかまつりました」

「期待しておるぞ」

井伊大老は真顔で告げ、御用部屋から出ていった。

頭を下げる帯刀に、磯部が狡猾そうな笑みを浮かべる。

「かつて、江戸市中に潜む悪人どもを震え上がらせた帯刀殿が加わってくだされば、心強い。けしからぬ者どもを血祭りに上げ、徳川の世を守りましょう」

帯刀が膝を転じて顔を見据えると、磯部は、これ以上話すことはないとばかりに横を向いて立ち去ろうとしたのだが、ふと思い出したように言う。

「我ら北沢流《きたざわりゅう》の剣聖と言われた貴殿を、御前試合で負かした男を覚えておいでか」

帯刀は顔に怒気を浮かべ、膝に置いている手に力を込めたが、それは一瞬で、鋭い眼差しで磯部を見上げる。

「もう何十年も顔を見ておらぬ」

「一度もですか」

「くどい。奴がどうしたというのだ」

磯部は微笑を浮かべて答える。

「道場に倒幕派の輩を集めておるという知らせがあり、捕らえて拷問にかけました」

帯刀は表情を変えぬ。

「認めたか」

磯部は顔を横に振る。

「御大老の襲撃をくわだてた黒幕と思い厳しく責めましたが、確たる証もないゆえ帰しました」

「甘いな、おぬしらしくもない。わしが調べてやろう」

「ご案じなされますな。禍根は、それがしがこの手で断ってございます」

帯刀が鋭い目を向ける。

「何をした」

「証はなくとも、長州毛利《もうり》家など、外様大名に仕える親を持つ子が多く通う道場ですからな。門人の中に必ず倒幕派がおると睨んだそれがしは、見せしめとして、きゃつめの右膝の筋を断ち切り、二度と、剣術を使えぬ身体にしてやりました」

帯刀は目を見張った。

「あの初音十太夫の足を……」

「主宰が剣を取れぬとなると、門人は見限りましょう。目障りな道場も、近いうちに消えてなくなります」

愉快そうな磯部に対し、帯刀は真顔で言う。

「初音十太夫と道場など、どうでもよい。道場に倒幕派がおると断じて見せしめにしたと申すが、おぬし、不逞の輩を取り逃がしたのか」

磯部は笑みを消した。

「近いうちに必ず捕らえ、糸を引く者を暴きます」

「わしも手伝おう」

磯部は手の平を向ける。

「それには及びませぬ。町道場を調べるのは、それがし一人で十分。貴殿は、一橋と水戸を頼みます」

帯刀は機嫌をそこね、磯部を睨んだ。

「わしに指図するとは、ずいぶん偉くなったものだな」

磯部が頭を下げる。

「ご容赦を……。御大老を襲わんとした輩を捕らえるのは、それがしの役目にございますゆえ」

「初音十太夫には気を付けろ」

磯部は鼻で笑った。

「奴に何ができましょうや」

「侮るな。長男は遣い手と聞く。黙っておらぬぞ」

「剣術修行の旅に出ておるようですが、戻って逆恨みの行動に出れば、斬って捨てるまで」

「十太夫から剣を奪った真の狙いは、そこにあるのか。初音家を根絶やしにする気なのか」

磯部は自信に満ちた顔をしたが、答えずに立ち去った。

目で追った帯刀は、若き頃の御前試合が頭に浮かんだ。

まだ道場を構えていなかった十太夫は、浪人の父に鍛えられた剣の腕を試そうと、当時名を置いていた町道場の代表として、御前試合に挑んできた。

将軍家の御前試合は、正規軍の将たる旗本が威信をかけて戦う場。竹刀を振るって稽古をする町道場の剣術など遊びだと、馬鹿にする者が多かった。

ところが、いざ試合となれば、十太夫は勇猛果敢な戦いぶりで旗本たちを倒し、当時旗本随一と言われていた帯刀との決戦を制したのだ。

名もない浪人の息子が御前試合で勝利したことは、十太夫を大道場の主宰に押し上げた。そのいっぽうで、旗本たちは、偉そうにしているが、いざとなるとものの役に立たぬと町人たちに罵られた。そして、黒船が到来してからというもの、異国の者たちを追い払うどころか、不利な条約まで結んだことで、大名旗本はなんの役にも立たぬという声が大になり、今では日ノ本中の農民までもが、武家を侮蔑している。

十太夫の勝利がきっかけとは、帯刀は思うてはおらぬものの、磯部のように、目の敵にする者は少なくない。

此度の拷問は、十太夫への恨みというよりは、江戸の民に向けた見せしめも含まれていると、帯刀は思うのだった。

「哀れよのう」

帯刀は、己を負かした十太夫を恨んではおらぬが、好く思うておらぬのも事実。関わらぬほうが良いと判断し、忘れることにした。

大事なのは、不穏な空気が漂う江戸市中を鎮めること。

かつて、剣の腕を買われ、番方として江戸市中の治安維持に努めた帯刀は、罪を犯した者を容赦なく断罪したこともある。

当時を知る者が、帯刀が井伊大老から役目を拝命したのを耳にすれば、目を付けられぬよう気を引き締めるであろう。

急ぎ屋敷に戻った帯刀は、番町の屋敷を役宅として使うべく、家老をはじめとする重臣たちを大広間に集め、これからのことを話し合った。

久しぶりの大役に張り切る重臣たちに、帯刀は告げる。

「此度は、江戸の民を苦しめる悪党どもが相手ではない。敵は、本気で倒幕を狙うておる大名と、その家臣どもだ。中には脱藩して姿をくらまし、地下に潜って動いておる者もいる。これらを暴くのは容易なことではないが、徳川のため、必ずやり遂げなければならぬ。肝要なのは、わしが動いておるのを知られぬことじゃ。これから申すとおりに、ことを運べ」

選ばれた数名の重臣たちは、帯刀のそばに寄って車座になった。帯刀は、廊下に控えている小姓に聞こえぬ声で、己の策を告げた。

井伊大老が一目置くほど探索に優れた男が、倒幕を狙う者たちを倒すべく動きだしたのだ。

第二章　恋心

一

庭木を湿らせていた霧が晴れ、青空が見えはじめた。

一人で裏庭に立つ伊織は、左手に持つ木刀の柄を右手でにぎり、鞘から抜くようにして正眼に構えるや、無言の気合をかけて突く。左から振り向きざま、右足を出すと同時に袈裟斬りに打ち下ろし、鋭く突く。一足飛びにもう一度突き、右手で真横に一閃、そこから振りかぶって両手ににぎり、左を向いて鋭く打ち下ろす。

無心になろうとしても、母を亡くし、父を傷つけられた悔しさが消えぬ。

母がいない臥所は、やけに寒々として見える。

静かにゆるりと木刀を下ろした伊織は、目を閉じて長い息を吐いた。

「伊織」

廊下の先からした父の声に応じて木刀を縁側に置き、寝所がある奥に向かう。

布団に仰向けに寝ている父の枕元に正座すると、十太夫は辛そうに口を開く。

「智将から便りは来ぬか」

「来ませぬ」

「居場所を書いてよこせば、母さんの死を知らせてやろうと思うているが、初めてよこした便り以来途絶えておる。来月も来ぬ時は、覚悟を決めねばなるまい」

「父上、兄上に限って万が一はございませぬ。文を運ぶ者の不手際があったのかもしれませぬから、気長にお待ちください」

うむ、と応じた十太夫が、伊織に顔を向けた。

佐江が新しく巻きなおした晒の奥にある目は、眼光が厳しい。

「何ゆえ、隠れて木刀を振る」

気づかれていたことに伊織は動揺したが、顔には出さない。

「見よう見まねの未熟者にございますから、お目汚しになると思いまして」

「まあよい。お前は好きにいたせ。昨日から道場が静かじゃが、いかがした。一京は何をしておる」

まだ起き上がれぬ父の身体を気遣い、伊織は言う。

「しばらく、門を閉めるそうです」

「いらぬ気を遣いおって」

実のところは、毛利家をはじめとする西国の外様大名に仕える親を持つ門人のほとんどが、来なくなっていた。

十太夫が公儀から目を付けられ、拷問で大怪我までさせられたのを知った藩の重臣たちが、累が及ぶのを恐れ、初音道場との関わりを禁じたのだ。

伊織に休むわけを話した一京から、

「先生がご本復されるまでは、お耳に入れないほうがよいでしょう」

こう念押しされ、今に至っている。

水を飲むのを手伝った伊織は、辛そうな息を吐いて目を閉じる父のそばをそっと離れ、自分の部屋に戻った。

佐江が、神妙な面持ちで迎える。

手を借りて、紋付きの黒羽織と灰色の袴を着けた伊織は、脇差を帯びた。

「伊織様、わたしの分も、しっかりとお願いします」

「うむ、父を頼む」

佐江の見送りを受けて表から出ると、一京が待っていた。

二人で向かうのは、母が眠る円満寺だ。今日は、初七日なのである。

歩きながら、伊織は言う。

「父が、道場が静かだとおっしゃるから、しばらく休むと言いました」

一京はうなずき、前を向く。

「藩命を受けた者たちは仕方ないとして、商家の者たちは酷いと思います。先生は濡れ衣だというのに、息子たちを辞めさせるのは、疑っているということでしょう」

「仕方ないですよ。御公儀に睨まれれば、商いに響くでしょうから」

「若は、よく平気でいられますね」

熱い想いをぶつけられた伊織は、拳に力を込めたものの、悔しさを前面には出さぬ。

何があっても人を恨むなという母の遺言が、頭に浮かんだからだ。

「いずれ疑いも晴れるでしょうから、皆さん戻ってくれますよ」

笑みこそ浮かべぬが、言葉を発することで自分を前向きにしようとしている伊織の気持ちを悟ってか、一京は不服を漏らすのをやめた。

寺に行き、雲慶にあいさつをする。

雲慶は、伊織を気遣った。

「少しは落ち着いたか」

涙を堪えた伊織は、笑みを浮かべて応じた。

「父のお世話で、気が紛れております」

「御公儀は、酷いことをする」

眉間の皺を深める雲慶は、十太夫の痛々しい姿を見た時は、幕府に対する怒りをあらわにした。菫の寿命を縮めたとも思っているのだ。

本堂での法要を終えた雲慶は、墓前で読経を終えたのちに、伊織と一京を精進料理でもてなそうとしてくれた。

「ご母堂は浄土へ旅立たれ、御仏の下へ戻られたのじゃ」

説法がこころに沁み、僅かながらも気持ちが楽になった伊織は、いずれまた、将棋の相手をする約束をして寺をあとにした。

傷の膿み止めの薬が今朝切れたため、山門の前で一京と別れた伊織は、寛斎の家に足を向けた。

通い慣れた仕舞屋の戸を開けると、見覚えのある赤い鼻緒の草履が二つ置いてある。

伊織は声をかけて上がり、廊下を歩いて寛斎の部屋に行くと、そこに琴乃の姿はなかった。

一人書物に没頭していた寛斎が、渋い顔を向ける。

「その身なりは、初七日の法要であったか」

「はい。今すませてまいりました」

正座した伊織は、改まって頭を下げる。

「母が、長らくお世話になりました」

「気の毒であった。あのようなことさえなければ、今少し生きられたと思うと悔やまれる」

伊織は目を伏せ、言葉もない。

寛斎が問う。

「十太夫殿はどうじゃ」

伊織は目を上げた。

「まだ起き上がれませぬが、目の翳《かす》みは取れたようです。足の傷の薬と、膿止めをお願いしたく、まかりこしました」

「そろそろだろうと思い、今弟子に作らせておる」

「弟子……」

誰のことだろうと思ったところへ、廊下の床板がきしみ、人が歩いてきた。

伊織が膝を転じて見ていると、濃い赤の小袖に白の前垂れをした琴乃だった。両手で持つ折敷には、薬の袋が二つ載せられている。

正座して伊織に会釈をする琴乃の後ろに、侍女の美津が控えた。

「できたか」

問う寛斎に、はいと答えた琴乃は、折敷を差し出した。

袋を取って中を確かめた寛斎が、満足そうにうなずく。そして伊織にひとつ渡して言う。

「こちらの薬を、朝と晩に飲ませなさい。塗り薬は、晒を取り替えるたびに塗るとよい」

「承知しました。ありがとうございます」

作ってくれた琴乃に頭を下げると、琴乃も頭を下げた。その優しい顔に、ささくれ立った伊織のこころが、少しだけ和む。

帰ろうとした時、寛斎が告げた。

「三日分しかないゆえ、また来なさい。十太夫殿の様子をよう見て、教えてくれ」

出歩くのが難しい寛斎は、父のことを案じてくれているようだ。

伊織は感謝して承知し、控えている美津に会釈をすると、部屋をあとにした。

表で草履をつっかけた伊織に、追いかけて来た美津が声をかける。手には、見覚えのある傘を持っていた。

「初音殿、先日お借りした傘をお返しします」

番傘は、真友堂が持たせてくれたのを、琴乃に貸したものだ。

幸兵衛からは返さなくてもよいと言われたものだが、伊織は受け取り、会釈をして帰った。

二

伊織の悲しそうな顔を見た琴乃は、表の戸が閉められる音を耳にしたあとで、寛斎に向いた。

読み物に戻っていた寛斎は、集中できぬようで、渋い顔で大きな息を吐いた。

琴乃は、気になっていたことを口に出す。

「先生、伊織殿のお母上のお薬は、よろしかったのですか」

寛斎は、読み物から目を離すことなく答える。

「もう必要なくなった」

不治の病だと聞いていた琴乃は、亡くなったのだろうかと思ったが、他家のことだけに、訊くのを躊躇《ためら》った。

戻った美津が代弁する。

「お亡くなりになられたのですか」

「うむ」

寛斎は短く答え、あとは何も言わぬ。

美津は表情を曇らせた。

「お気の毒に……。あのお方はお嬢様と同い年くらいでしょうから、ご母堂はまだお若かったでしょうね」

「四十二《しじゅうに》だ」

寛斎は答え、書物を置いて琴乃に目を向ける。

「肺の病を治せる薬はできぬかと知恵をしぼったが、力及ばなかった。長年病人を相手にしておると、此度のように助けられぬ命に出会うことも少なくない。それでも、薬学を極めたいと思うか」

琴乃の決意に変わりはない。

「先生のように、人の役に立ちとうございます」

「立派な志じゃが、そなたは旗本の姫。わしのように、訪ねて来る病人を診ることはできぬぞ」

「それでも、知識を深めておれば、役に立てる時がありましょう。どうか、このまま続けさせてください」

琴乃の顔をじっと見た寛斎は、熱意が伝わったのか、ようやく表情を穏やかにしてうなずいた。

「では、胃痛に悩むおなごのために、この処方通りに薬を作りなさい」

差し出された処方箋を確かめた琴乃は、応じて立ち、薬草が置いてある部屋に入った。

薬を作り、昼過ぎまで寛斎に学んだ琴乃は、美津と共に家路についた。

歩きながら、高ぶる気持ちを美津にぶつけずにはいられない。

「今日の先生は、いつになく熱心に教えてくださいました。伊織殿のお父上や、女《にょ》性《しょう》の薬も作らせていただき、少しでも人の役に立てたと思うと、嬉しくなります」

すると美津は、心配そうに近寄る。

「されどお嬢様、先生がおっしゃったように、救えぬ命に出会うことがあります。伊織殿のあの悲しそうなお姿を見て、どう思われましたか」

琴乃は気持ちが沈んだ。

「とても気の毒でした」

「寛斎先生のようになれば、人様の死に深く関わることになります。お優しいお嬢様が先生のお立場になられた時、人様の死に直面して耐えられましょうか」

「美津の言いたいことは分かります。先生がおっしゃったように、患者を診ること は父が許してくださらないでしょう。されど、患者を直に診なくとも、病に効く薬を作ることはできます。わたしは、そういうことをしたいのです」

琴乃は改めて、己が目指したいのはそこだと思うのだった。

いきなり手をにぎられて、琴乃は美津を見た。

「お嬢様……」

声を震わせる美津は、手に力を込める。

「ご立派なお考えです。美津はどんなことがあっても、お嬢様のお力になります」

熱の籠もった言葉に、琴乃は微笑む。

「ありがとう。では、心願成就を祈願しに、明神様にお参りしましょう」

「わたしもお願いします」

琴乃と美津は、その足で赤城明神に向かった。

本殿の前で手を合わせ、夢が叶うよう念じた琴乃は、礼拝をして下がった。

美津はというと、深々と頭を下げ、合掌した腕を御霊に向けて伸ばし、ぶつぶつと願いごとを告げている。

後ろに並んでいた参拝者が、長い、と言わぬかやきもきした琴乃であったが、皆黙って待っている。

　さらに頭を深く下げた美津が、後ろの者に申しわけなさそうに会釈をして、琴乃のところに来た。

「しっかりと、お願いをしました」

　拳を作って言う美津に、琴乃は微笑む。

「ありがとう」

「お嬢様の夢は、わたしの夢でもありますから」

　そう言って笑った美津は、前から町の男が来ると真顔になり、琴乃を門前町に誘った。

　鳥居を出て歩いていた時、

「琴乃殿」

　名を呼ばれ、商家の前で足を止めて振り向く琴乃より先に、美津が前に出て頭を下げた。

　爽やかな笑顔で応じる若者は、濃紺の紋付き羽織に灰色の袴を着け、大小の刀を腰に帯びた、旗本榊原《さかきばら》家の嫡男勝正《かつまさ》だ。

　美津が羨望の眼差しを向けるのは、名門の若殿だからだ。

こころが張り詰めた琴乃が頭を下げると、勝正は歩み寄る。

「このようなところで会うとは、今日はいかがなされたのです」

「ご隠居様の薬を求めた帰りでございます」

でしゃばって告げる美津に、勝正は微笑んで応じる。

「そうでしたか。では、送っていきましょう」

琴乃は恐縮した。

「慣れておりますから、ご心配なく」

「いえ、丁度松哲殿の見舞いにうかがおうとしておりましたから、遠慮なさらず。さあまいりましょう」

先に立つ勝正に戸惑う琴乃の背中に、美津がそっと手を添える。

「お嬢様、ご厚意にお応えしなければなりませぬ」

琴乃はうなずき、離れて続いた。

隠宅に戻った琴乃は、美津に勝正を客間に通してもらい、祖父母の元へ足を運んだ。

勝正の来訪を伝えると、松哲は嬉しそうな顔をして客間に出た。

薬を置いた琴乃は、縁側で針仕事をしている祖母益子の背後に座った。

「肩を揉みましょう」

手を止めて喜ぶ祖母の両肩は、細くて強張っている。

ゆっくりと、あまり力を込めずほぐしにかかると、祖母は笑顔になり、気持ちよさそうな声を出した。

首を垂れた祖母のうなじは肌の艶が良く、その若々しさに、琴乃は嬉しくなるのだった。

「他にこっているところはありますか」

「肩だけで十分。それより琴乃、勝正殿に送ってもらったと言いましたが、どこで出会ったのです」

「赤城明神の前です」

「寛斎先生のところから、お参りをしに行ったのですか」

「はい。夢が叶うよう祈願をしたくて」

薬学のことを隠さず打ち明けると、

「まあ、そのような夢を抱いていたのですか」

祖母は呆れたように言うものの、肩を揉む琴乃の手をにぎった。

「明神様にお願いしたのならば、叶うよう励みなさい。ただし、没頭して、ひとつのことしかできぬ者になってはなりませぬ。おなごの幸せを忘れず、周りをよく見て、良き場所に身を置くこと。よろしいですね」

遠回しに縁談のことを言う祖母を、琴乃は否定しない。

旗本の娘として、親が決めた相手に嫁ぐのが当たり前の教えを受けているからだ。

祖父から茶を持って来るよう言われて、はいと声を張って応じたものの、すぐに動く気になれない。

そんな孫娘の様子をじっと見ていた益子が、背中をさする。

「背中を丸くして、何を憂いているのです」

琴乃は苦笑いをした。

この場ではっきり意思を伝えるべきだ。

縁談のことは、今は考えられない、と言おうとしたのだが、勇気が出ずぐっと呑み込み、茶を出しに行くために立ち上がった。

その時、庭を歩いて来る従姉妹に気づいた琴乃は、声をかけた。

「小春」

松の低木を見ていた小春は琴乃に笑顔で応じて、縁側に座っている益子に歩み寄る。

「お婆様、お爺様の見舞いにまいりました」

益子は目を細めた。

「まあまあ、また来てくれたのですか」

いつも姫駕籠に乗って来る小春は、草履も足袋も汚れていない。祖母の横に腰かけ、座敷に振り向いた。

「お爺様はどちらに？」

「今客間で、見舞いに来てくださった榊原勝正殿とお話をされています。琴乃、早くお茶を」

「はい」

行こうとする琴乃に、小春が声をかける。

「待って。わたしも行きます」

草履を脱いで上がった小春は、琴乃の腕を引いて廊下を急ぎ、小声で告げる。

「勝正様は、琴乃との縁談を申し込まれにいらしたのかも」

琴乃は慌てた。

「冗談はよして。ほんとうにお見舞いだから。それに……」

正直な気持ちが口を突いて出そうになったが、慌てて呑み込んだ。

察した小春が足を止めて言う。

「輿入れできれば誰もが羨むお相手だというのに望まないなんて、琴乃はやっぱり変わり者ね」

琴乃は下を向いた。小春は、家柄も性格も非の打ち所がない勝正にあこがれを抱いているようだが、琴乃はどうしても、笑顔の奥にある眼光が人を見くだしているように感じて、面と向かうと萎縮するのだ。

譜代の名門である松平家の姫と、榊原家の若殿だけに、

「いずれ、縁談を申し込まれましょう」

父親同士も仲が良いとあり、周囲からはそういう声が絶えない。

だが琴乃は、その声を聞くと決まって、気持ちが沈んでしまうのだった。

小春に手を引かれて台所に行こうとする琴乃に、裏庭から美津が声をかける。

「お嬢様、どちらに」

「勝正殿にお茶をお出しするよう、お爺様に言われたのです」

琴乃の気持ちを知っている美津は、外から台所に回った。

「わたしがお出ししても、叱られはしないでしょう」

「では、美津にまかせます」

安堵した琴乃から手を離した小春が、

「では姫様、代わりにわたくしがお出ししましょう」

わざとらしくかしこまると、すぐ明るく笑い、台所に行った。

二人にまかせて戻った琴乃に、益子は、しょうがない子、という顔をするも、続けて肩を揉むのを許した。

美津が用意した茶菓を小春が持って行くと、松哲は目尻を下げた。

「おお、来ておったか」

「はい」

いつもがさつな孫娘が、別人のように淑《しと》やかなため、松哲が目を白黒させている。

そっと茶台を置く小春に、勝正は表情を変えず、穏やかな口調で礼を言うと、一口飲んで湯呑みを戻し、小春が下がるのを待って松哲の顔を見る。

「先ほどの続きですが、嫁入り前の娘を出歩かせるのは、いかがなものかと」

松哲が渋い顔をする。

「わしもそう思うが、琴乃は薬をこしらえるのが楽しゅうてしょうがないようじゃ」

「薬を……」

「わしを想うてくれる優しい孫娘の気持ちが嬉しゅうて、通うのを許しておる」

勝正は浮かぬ顔をする。

「どちらに行かれているのです」

「矢来町の、大久保寛斎のところじゃ」

「名医だと、名は存じております。されど、やはり控えられたほうがよろしいかと」

松哲はじろりと目を向ける。

「今日はやけに、絡んでくるではないか」

勝正は目を伏せ、重々しく答える。

「わたしは、旗本としての意見を申し上げたまでです」

「まあそう怒るな。寛斎とて元旗本じゃ。問題はなかろう」

「されど、商人たちが大勢行き交う通りを歩いておられる姿を見ると、やはり……」

「のう勝正」

「はい」

「琴乃はおぬしの許嫁《いいなずけ》ではないのだから、つべこべ口を挟むな」

勝正は辛そうな顔をした。

「心外です。わたしは、琴乃殿が危ない目に遭わぬよう申し上げているのです。ろくでもない男に、目を付けられるかもしれませぬ」

松哲は笑った。

「このあたりは治安が良いのだし、美津がおるゆえ心配はいらぬ」

勝正は言い返さず、真顔で目を合わせる。

勝正の祖父とは友人の仲だった松哲は、目を細めた。

「ともあれ、琴乃を想うてくれるのは嬉しいぞ。気を付けるよう言うておこう」

ようやく勝正は笑みを浮かべて、湯呑みに手を伸ばした。

廊下で立ち聞きをしていた小春は、その場からそっと離れた。

「お婆様、お邪魔しました」

帰ろうとする小春に、益子が声をかける。

「もう帰るのですか」

「用事を思い出しましたので。琴乃、また今度、ゆっくり話しましょう」

どこか含んだ物言いをされて琴乃は気になり、外で待っている駕籠まで見送るついでに問う。

「何か気になることでもあるの?」

小春は立ち止まらず答える。

「町を出歩くのを、勝正様は良く思われていないみたいよ」

琴乃は困惑した。言われる筋合いはないと思ったからだが、口には出さなかった。

うつむく琴乃の顔を、小春が下から覗き込む。

「勝正様は、琴乃に気があるようよ」

「やめて……」

「嬉しくないの。わたしだったら……」

「小春、ほんとうにやめて」

小春は悪気のない笑みを浮かべて、はいはい、と答えると、また来ると言って駕籠に乗った。

遠ざかるまで見送った琴乃は、大きな息を吐き、祖母のところへ戻った。玄関の中から祖父と勝正の声がしたので、琴乃は顔を合わせぬよう、外から裏に回った。

三

翌日も寛斎の教えの下、昼過ぎまで薬作りを学んだ琴乃は、いつものように美津と二人で家路についた。

「お嬢様、今日は寄り道せずに帰りましょう」

昨日松哲から、勝正に苦言を呈された話を聞いている美津は、気にしているのだ。

琴乃は、それがいやだった。

薬を極める夢を邪魔されたような気がしていたのもあり、つい反抗心が芽生え、寄り道したくなった。

「美津、お饅頭を求めにまいります」

珍しく毅然と言われて、美津は驚いた顔をしている。

「お嬢様？」

琴乃は足を止めることなく、むしろ速めて歩く。

足の遅い美津が必死に付いてくるが、琴乃は待たずに牛込矢来下通りに突き当たると、左を確かめず右に曲がった。

その時、

「危ない！」

誰かの声に、琴乃が振り向く。

考えごとをしていた琴乃の耳に、突如として馬蹄の響きが届く。そして、侍が駆る早馬が坂の上から走って来るのが見えた。

馬上の侍は、突然道に出てきた琴乃に目を見張っているが、役目を優先して止まる気はないようだ。

「どけ！」

怒鳴られたが、琴乃は、迫る馬に身がすくんで動けなくなっていた。

怖くて目をつむった琴乃は、強い力で腕を引かれて倒れた。すぐ横を馬が走って行く。馬蹄が蹴り上げる砂が顔に当たり、琴乃は歯を食いしばった。

「痛いところはないですか」

声に目を開けた琴乃は、助けてくれたのが伊織だと知った。胸に抱かれて、互いの鼻が当たりそうなほど近い。

心ノ臓が止まりそうになるほど驚いた琴乃は、慌てて離れた。

先に立ち上がった伊織が、手を差し伸べる。

躊躇いがちに手を伸ばすと、強い力で引き起こされた。

「近頃この道は早馬が増えているから、よく見て歩かないと危ない」

伊織は、琴乃が初めて見る厳しい顔をしている。

「ごめんなさい」

「いや……」

伊織は目を伏せ、もう一度問う。

「痛いところはないですか」

「はい」

「良かった」

「お嬢様！」

慌てふためく美津の声と、

「おい娘！」

侍の怒鳴り声が重なった。

馬を止めた侍が降り、怒った顔で駆け寄る。

「早馬の前に出るとは何ごとか！」

美津が前に出てかばう。

「お許しください」

「黙れ！」

突き飛ばされた美津が道に倒れ、侍は琴乃の前に立つと、刀の柄に手をかけた。

公儀の早馬を邪魔したとあっては、その場で斬り殺される恐れがある。

武家の娘として躾けられている琴乃は、自分の不注意を悔いた。

うつむいて震えるばかりの琴乃の前に伊織が出て、地べたに正座して両手をついた。

「お侍様のお見事な手綱さばきにより、二人とも命拾いをいたしました。伏してお礼申し上げます」

平身低頭する伊織に、侍はまんざらでもなさそうな顔をしている。

「おい娘、小僧の言うとおりだ。わしが咄嗟に避けなければ、今頃は死んでおったぞ。以後気を付けろ」

琴乃は伊織に倣い、並んで頭を下げた。

すると侍は告げる。

「小僧、面を上げてわしを見ろ」

伊織が応じて顔を上げると、侍は馬の鞭を振り上げるや否や、打ち下ろした。

びし、と音が響き、琴乃は驚きのあまり、口に両手を当てた。

伊織は、焼けるような激痛に歯を食いしばって耐え、声を出しはしない。

そんな伊織に、侍は告げる。

「今日のところはこれで勘弁してやる」

町の者たちが見ていたため、見せしめであろう。侍女を連れた琴乃ではなく、無紋の着物に袴を着けた伊織を身なりで選んで罰を与えた侍は、馬に飛び乗って神楽坂のほうへくだってゆく。

「では」

伊織は微笑み、頭を下げて去ろうとする。

琴乃は思わず腕をつかんで止めた。

「おでこが……」

「大丈夫。あのお侍、口では厳しく言っていましたが、ちゃんと手加減をしてくれましたから」

「でも血が出ています」

伊織は額に触れ、手にべっとりと血が付いたので目を見張ったものの、すぐに微笑む。

「これくらいの傷は、いつものことですから」

歩こうとして、ふらついた。

琴乃は支えようとしたが、伊織は商家の壁に手をついて耐え、また微笑む。

「ほんとうに大丈夫ですから、心配しないでください」

そう告げて、しっかりとした足取りで歩みを進める。

琴乃は追いかけて向き合い、懐紙をそっと額に当てた。

顔をしかめた伊織が身を引く。

「ごめんなさい。痛みますか」

「いや……」

懐紙を触ろうとした伊織の手が、琴乃の手と触れた。

二人は慌てて離れ、血がにじんだ懐紙がひらりと落ちるのを、伊織は素早くつかみ取ると、自分で額の傷に当てて微笑む。

琴乃は、思い切って告げた。

「お礼をさせてください」

「お嬢様……」

止めようとする美津に、琴乃は穏やかに告げる。

「命の恩人にお礼をするのは、当然でしょう。わたしのせいで怪我までされたのですから」

美津は腰を折り引き下がった。

伊織は言う。

「かすり傷ですから、どうか気になさらず」

琴乃は頭を下げた。

「わたしの迂闊な行動のせいで、まことに申しわけありませぬ」

「では、いずれまた」

伊織の優しい声に顔を上げた琴乃は、振り向いた背中が汚れているのを見て砂を払おうとしたのだが、美津に止められた。

「人目がございますから、なりませぬ」

美津はそう言うと伊織に駆け寄って声をかけ、背中の砂を手で払い、互いに頭を下げて別れた。

伊織が辻を曲がるまで見送った琴乃は、まだ鼓動が高まったままの胸に手を当て、大きく息を吐く。

戻ってきた美津が、心配そうに背中をさすってくれた。

「驚かれたでしょう。次からはお気を付けください。馬に轢かれそうになられた時は、頭が真っ白になりました。ほんとうに、ようございました」

「ごめんなさい。このことは、誰にも言わないで。お爺様の耳に入れば、番町の御屋敷に戻されてしまうから」

手を合わせて懇願された美津は、おやめください、と言って背中に触れた。

「誰にも申しませぬ。そのかわり、次からは美津を置いて行かないでください。周りをよく見て歩くのです」

琴乃は背中を丸めて猛省した。

隠宅の近くまで帰った時、すれ違った若い侍の襟元に一瞬だけ目を留めた琴乃は、足を止めて美津に振り向いた。

「美津、絹の生地がほしくなりました」

「承知しました。明日、呉服屋に別宅へ来るよう伝えます」

いつもの癖で快諾したものの、美津は不思議そうな顔をした。

「何に使われるのです」

「伊織殿へのお礼の品を思い付いたのです。今から行きますよ」

「お嬢様、なりませぬ」

「お礼をするのは早いほうがいいと言うでしょう」

美津の腕を引いた琴乃は、商家が並ぶ神楽坂に戻った。

四

真友堂に傘を返しに行ったのが、幸いだった。

そう思う伊織は、眠れぬ夜を過ごしていた。

目を閉じれば、鼻が当たるほど近くにある琴乃の顔が浮かび、頬が熱くなる。

しかし危なかった。一歩遅れていれば、と思うと、怪我がなくて良かったと、安堵の息を吐く。

佐江は額の傷を手当てしながら、どこで怪我をしたのかしつこいほど訊いてきたが、早馬の騎士に罰を受けたと言えば、公儀をいっそう恨みかねぬ。

隣で眠る父の寝息を確かめた伊織は、起こさぬようそっと部屋を出て、廊下の角に立って空を見上げた。

南の空には、霞のない三日月が輝いている。

兄は今、この空の下のどこにいるのだろう。

父は眠るまで、便りが途絶えた兄を心配していた。思わぬ疑いをかけられ、厳しい拷問のせいで重傷を負わされたことが、弱気にさせているに違いなかった。

旅に出す前は、一回りも二回りも大きくなって戻ってくるであろうと述べていた豪快な父は、今はまるで別人のようだ。

右足が動かぬ。

佐江にこぼした弱々しい声が耳に残っている伊織は、歯を食いしばった。目を閉じれば、今わの際の、母の顔が目に浮かぶ。

早馬の騎士が、琴乃に刀を抜く構えを見せた時もそうだった。

人を恨んではなりませぬと告げる母の声が胸に響き、伊織を冷静にさせたのだ。あの時公儀の者に飛びかかっていれば、己だけでなく、琴乃も危なかったかもしれぬ。

そう考えると、母がそばにいてくれたような気がした。それほど、はっきり声が聞こえたのだ。

次男としてのこころがけを教える時の母は厳しかったが、根は優しい人だった。

いつも笑っている顔を思い出すと、無性に会いたくなる。

「母上……」

廊下で呼べば、家のどこにいても返事をしてくれた声が、今は聞こえない。

まだ花開かぬ蠟梅を見つめた伊織は、気持ちを落ち着かせて、部屋に戻った。

「伊織」

父を起こしてしまったと思い、襖を開けた。

「すみません」

「眠れぬのか」

昼間のことを言わぬ伊織は、父のそばに正座した。額に手を当ててみると、寝る前まではあった熱が引いている。

「父上、ようやく熱が下がりました」

「顔がかゆい。晒を取ってくれ」

「まだいけませぬ」

「わしを誰だと思うておる。あれしきのこと、もう治っておる」

腫れは引いているが、頰の傷はまだ日がかかるはず。

だが伊織は、父の望みどおりに晒を解いた。

起こせと言われて、逆らわずに手を貸す。

苦しそうにしつつも座ってみせた十太夫は、息子の手をつかみ、顔を向ける。

まだ痛々しい顔だが、伊織は、父の力強い目を見て、先ほどまでの悲しい気持ちが少しだけ和らいだ。

「伊織」

「はい」

「母さんのことは、すまなかった」

「父上のせいではありませぬ」

十太夫は首を横に振った。

「そろそろ、お前にも言うておかねばならぬ」

いつにも増して真剣な眼差しを向けられた伊織は、不安になったものの、聞き逃すまいと、膝を進めて父に近づいた。

十太夫は、じっと目を見たまま告げる。

「わしが磯部に引っ張られたのには、わけがある」

「まさか、倒幕をお考えなのですか」

「話を飛躍しすぎじゃ。わしは政《まつりごと》などに興味はない。だが、道場に通う門人の大半が、今の幕府に不服を抱いておる大名に仕える藩士たちの子息じゃ。わしの身体をこのざまにしたのは、その者たちに対する警告よ」

考えてもいなかった言葉に、伊織は困惑した。

「倒幕を狙うとどういう目に遭うか分からせるために、父上を痛めつけたとおっしゃるのですか」

十太夫は、ため息を吐いた。

「道場主など、なんの地位もない浪人と同じゆえ、痛めつけたところで、御公儀にとっては痛くもかゆくもない。見せしめにするには、恰好の的であろう」

「そんな……、父上は立派なお方です」

「そう思うてくれるのは、道場に関わる者だけよ。この腕だけでここまで生きてまいったが、剣を取れぬ身体になってしまった今、わしには何もない。幸いじゃったのは、智将が江戸におらなかったことじゃ。近頃智将は、御公儀に不満を持つ門人たちと夜遅くまで語り合い、太刀筋にも殺気を帯びておったゆえ、磯部が踏み込んだ時におれば、斬りかかる暴挙に出ていたかもしれぬ」

伊織は驚いた。

「あの優しい兄上が、そのようなことをされるとは思えませぬ」

「此度は、智将を旅に出していたのが幸いした。じゃが、磯部については、これですめばよいがと案じておる。伊織、外を歩く時は決して油断をするな。奴は何をしてくるか分からぬぞ」

「わたしのような者が、的になりましょうか」

「わしの息子ゆえ、申しておる」

「心得ました」

十太夫はうなずき、表情を和らげる。

「母さんを、よう弔ってくれた。佐江にも礼をいたさねばな。三人で、滝野《たきの》へでもゆくか」

十太夫が大切な日に使う神楽坂の料理屋へは、二度連れて行ってもらったことがある。

伊織は父の願いに従い、訊いた。

「いつになさいますか」

「今となってはすることがないゆえ、明日でもよい」

さすがに早すぎると思う伊織は、佐江の都合を聞くと言ってその場を収め、父を横にさせた。


「とんでもない。わたしは当然のことをしたまでですから」

佐江は仰天し、恐縮しきりで断った。

身を粉にして働いてくれる佐江は、世話をするにあたっては楽しそうだが、世話をされるとなると、いやそうな顔をする。

武州の農家に生まれた佐江は、幼い頃に口減らしで、江戸の商家に奉公に出された。以来人に使われ、尽くし続けて数十年生きてきただけに、伊織が幼い頃に初音家で奉公をするようになってからも、今日まで変わらず働いてきたのだ。

佐江は心配そうに言う。

「先生はまだ傷が治ってらっしゃらないのですから、神楽坂の料理屋に行くなどもってのほかです」

佐江の言うとおりだと思い、父に告げに戻ろうとした時、廊下で声がした。

「わしはこのとおり、動けるぞ」

伊織と佐江は同時に顔を向けた。

十太夫は壁に寄りかかっているが、両足で立っている。狭い家だとしても、あの膝の傷でここまで歩いて来たのだと思うと、伊織は目頭が熱くなった。

「父上、無理をされてはなりませぬ」

涙を堪えて言うと、十太夫は不敵に笑う。

「磯部のたくらみに負けてなるものか。一日も早《はよ》う道場を再開するためにも、滝野で英気を養うぞ。佐江、よいな」

ほんとうは父が一番辛いはずなのに、落ち込む伊織と佐江のために無理をしているに違いなかった。

佐江も、そんな十太夫の気持ちを受け止め、滝野に行くことを承諾した。

出かけたのは、それから十日後だった。佐江が予約をしに滝野に行ったものの、座敷が取れなかったのが幸いし、十太夫の膝の傷と、顔の痣がずいぶん良くなってからの外出になった。

神楽坂の滝野は、町駕籠がやっと通れる路地を進んだところにある。昼間は閉めている店が多く、行灯の明かりで趣のある夜の雰囲気とは違い殺風景だ。

だが、滝野の周囲は、渋墨を塗った黒色の板塀と、壁際に植えられている笹竹の雰囲気が良く、訪ねた者たちの目を楽しませる。

出迎えた滝野の女将《おかみ》は、駕籠から降りた十太夫が伊織に背負われるのを見て驚いた顔をした。

「先生、どうなされたのです」

「ちと足を痛めただけじゃが、伊織が大袈裟にする」

ほんとうは思うように歩けぬが、十太夫は馴染みの幸代《さちよ》に強がって見せた。

幸代が伊織に微笑む。

「伊織様、少し見ないあいだに、ご立派になられましたね。本日は三名様とうかがっておりますが、お母上はご一緒じゃないのですか」

「母は、先日亡くなりました」

「えっ」

絶句する幸代は、見る間に目に涙を浮かべた。

「ご無礼いたしました。ご愁傷様にございます」

かしこまって頭を下げる幸代に、十太夫が言う。

「湿っぽい話はなしだ。女将、今日は息子と、長らく世話をしてくれたこの佐江を元気づけたくまいった。よろしく頼むぞ」

「承知いたしました。さあどうぞ」

涙声ながらも、笑顔で案内する幸代に続いて、紺の暖簾《のれん》を潜った。

黒の丸石を引き立てるように工夫された三和土を歩いて奥に行き、上がると、緋《ひ》毛氈《もうせん》を敷かれた中廊下を奥に歩む。

通された座敷を、伊織は覚えていた。番傘を立てたような姿の石灯籠《いしどうろう》と低木の松がある中庭を望める十二畳の座敷は、五年前、兄が他流試合で勝ち残った祝いに家族四人だけで来た時と同じだ。

女将が気を遣って用意してくれた床几《しょうぎ》に座した十太夫は、正面に正座した伊織に言う。

「この座敷を覚えておるか」

「はい。懐かしゅうございます」

二人の会話を聞いて、幸代がそっと目元を拭い、料理をお持ちしますと告げて下がった。

十太夫が佐江に向く。

「立っていないで座りなさい」

佐江は応じて伊織の下手に正座し、恐縮して振り向く。

「先生、このようなところに生まれて初めて来ましたが、中庭の雰囲気がようございますね。気分が落ち着きます」

「菫も、この庭を気に入っておった」

「分かります。拝見した時から、奥様が喜ばれそうだと思っておりました。琴の音色が心地よいですねえ」

佐江が言うとおり、伊織は先ほどから、柔らかな琴の音が気になっていた。

音を聴きながら目を閉じている佐江の横顔を見ていると、目尻から涙が流れた。

「六段の調《しらべ》は、奥様がよく奏でておられました」

確かに佐江の言うとおりだ。優しい音を聴いていると、琴を奏でる母の姿が目に浮かぶ。

伊織は縁側に出て、音がするほうに顔を向けた。中庭の先に大きな座敷が開けており、その向こう側に離れがあるのだが、音はそこからしているようだ。

程なく、料理の膳を持った仲居と共に、幸代が戻ってきた。

「伊織様、お座りください」

佐江に言われて座に戻ると、父の前に幸代が膳を置き、伊織と佐江には仲居が置いてくれた。

膳を見た十太夫が、渋い顔をする。

「女将、酒はないのか」

「お酒は、やめておかれたほうがよろしいかと」

「いや、今日は飲みたい」

心配そうな顔をする幸代に、十太夫は笑う。

「怪我人扱いはよせ。もう傷も塞がっておるのだ」

幸代は笑顔で応じる。

「では、すぐお持ちします」

立ち去ろうとする幸代に、十太夫が問う。

「よい琴の音がしておるが、趣向を新たにしたのか」

「いいえ。お旗本のご隠居様が床上げをされたお祝いに、姫様が奏でてらっしゃるのです」

「ほーう」

十太夫は目を細める。

「終わらぬうちに一杯やりたい。早う頼む」

ただいま、と応じた幸代が下がると、十太夫が伊織と佐江に言う。

「いただこう」

伊織は、十太夫が箸を付けるのを待ち、料理に手を伸ばす。

膳には、ごぼうの昆布巻き、湯葉とわさび醬油、くずあんをかけた煮かぶなどの小鉢が並んでいる。

佐江も続き、一口食べると、幸せそうな顔をして言う。

「生麩の田楽が、たいそうおいしゅうございます」

伊織が微笑む。

「母も、ここの味が好きだとおっしゃっていた」

十太夫がうなずく。

「菫は、佐江がこしらえる料理の味を好んでおったからな。気に入るだろうと思い、今日はここにしたのだ」

佐江が嬉しそうな顔をしている。

人に対し、細かな気配りができる父のそういうところを、伊織は見習いたいと思うのだった。

酒を持って来た幸代の酌を受けた十太夫は、盃を傾ける。

「久しぶりの酒は、腹に沁みる。旨い」

笑みを浮かべた十太夫は、佐江に盃を取らせ、酌をして告げる。

「これから道場は、何かと騒がしくなると思うが、伊織を頼むぞ」

「かしこまりました」

佐江は盃を押しいただき、一息に飲み干した。

「おお、いい飲みっぷりじゃ。もう一杯やれ」

「頂戴します」

遠慮なく酌を受けた佐江は、二杯目もぐっと飲み干し、返杯した。

これまで佐江が酒を飲む姿を見たことがない伊織は、別の顔を見た気がして、不思議な気分になった。

話し上手な幸代が、十太夫の気持ちを尊重して暗い雰囲気にならぬよう語りかけ、佐江は何日ぶりかに笑顔を見せた。

また十太夫も、菫を亡くして以来、ぎこちない作り笑いを伊織に見せていたが、今は穏やかに、こころから笑っているように思えた。

場を盛り上げてくれていた幸代が店の者に呼ばれて座を外すと、途端に静かになる。

いつの間にか琴の音も聞こえなくなっていた。

佐江が黙って立ち、部屋から出ていった。おそらく厠に行ったのだろう。

二人になると、十太夫は伊織に向かって口を開く。

「一京に道場をまかせることとした。明日から稽古を再開する手はずになっておるゆえ、お前は兄の代わりを務めよ」

伊織は驚いた。

「わたしには務まりませぬ」

十太夫はじっと目を見てきた。

「何を遠慮する」

「遠慮ではありませぬ」

滅多に道場へ顔を出さぬ伊織は、剣術については門人たちから侮られているのを感じているが、父には言わず、

「自信がありませぬ」

こう誤魔化した。

十太夫は笑った。

「師範代をしろと申しておるのではない。わしのそばにおれば、それでよい」

足が不自由な父の手足になるのだと解釈した伊織は、快諾した。

「承知しました」

母の教えを守り、堂々と道場に足を運ぶことができなかった伊織は、明日からは隠れて見ていなくてもよいのだと思うものの、それでは母に背くことになると感じて、複雑な気持ちになった。

そんな伊織の顔を見ていた十太夫が言う。

「母さんの言いつけに背くと思うておるのか」

図星を指されて、伊織は苦笑いをした。

すると十太夫は、目を見て告げる。

「遠慮をするべき智将は、今はどこにおるか分からぬのだし、母さんも……」

おらぬと言いかけて、十太夫は言葉を変える。

「わしもこの通りじゃ。誰に遠慮がいろうか」

「はい」

果たして、門人が何人来るだろうか。

父は、母の喪中ゆえの閉門だと今も思っているはずだけに、心配だ。

用をすませた佐江が戻ってくるなり、十太夫と伊織に明るい顔で言う。

「琴をどなたが奏でられていたか分かりました」

正座した佐江に、十太夫が問う。

「どこの姫じゃ」

「御家は分かりませんが、お名前は琴乃様です。廊下で見目麗しきお二人の姫とすれ違ったのですが、琴乃殿が奏でる音はいつ聴いても美しいと、お連れの姫様がおっしゃっているのが聞こえたのです」

十太夫は興味をなくしたようだが、伊織は、弾むこころが顔に出やしないか心配なほど、鼓動が高ぶっていた。

母に似た音色は琴乃のものだったのかと思い、優しく微笑む琴乃の顔が、頭に浮かんだからだ。

「伊織様？」

佐江に呼ばれて、伊織は我に返る。

じっと顔を見ていた佐江が、意味ありげに笑みを浮かべた。

「姫様が気になられますか」

「よさぬか佐江」

十太夫からはしたないと厳しく言われ、佐江は首をすくめた。

琴乃が薬学を学ぶのは、病を患う祖父がきっかけだと寛斎から聞いていた伊織は、床上げの祝いができて喜んでいるだろうと思うと、自然に口元が緩む。

父の視線を感じた伊織は、目を合わさず表情を引き締め、前を向く。

ふたたび、琴の音が聞こえてきた。

しかし、初めに聞こえていた琴乃の音とはずいぶん違い、時々音色が外れる。

聴き入っていた佐江が、がくっと肩を落として吹き出した。

渋い顔をする父は、

「弾き手が代わったようじゃ」

そう言うと、酒を苦そうに飲んだ。

佐江が応じる。

「もう一人の姫様かもしれませぬね。確かお名前は、小春様だったと」

また音色が外れて、遠くで愉快そうな笑い声がしている。

伊織はふと、もう薬が必要なくなれば、琴乃は寛斎の元へ来ぬかもしれぬと思い、寂しくなるのだった。

五

翌朝、伊織は父と共に道場へ入った。

父が怪我をした日から、道場の入り口に盛り塩がされている。

すでに待っていた一京が平伏して迎えるのにうなずいた十太夫は、道場を見て表情を曇らせた。一京の他に、門人が五人しか来ていないからだ。

道場の代表に選ばれた坂木万次郎をはじめとする五人は、いずれも、なんのしがらみもない浪人者。普段は日雇い仕事をしながら、いつか仕官する夢を見て剣術の腕を磨いている。

磯部に捕らえられるまでは、門人すべてが揃わずとも、常に五十人ほどは稽古に来ていた。

今はたったの五人しかおらぬが、十太夫は不満を漏らさず、伊織を横に控えさせ、稽古をはじめるよう命じた。

一京と門人たちの剣術を見て学ぶ伊織は、身体こそ微動だにせぬが、頭の中では、木刀を振るう想像をしている。

ふと父を見ると、床几に腰かけて腕を組み、不機嫌そうに口を一文字に引き結んでいる。

伊織は、そのうち門人が集まるだろうと楽観していたが、一京から聞いていたとおり、公儀の目を恐れている者たちは来なかった。

昼までの稽古が終わった時、十太夫は門人たちに足りぬところを述べただけで、

「総じて、よい」

この一言で締めくくると、杖をついて出ていった。

伊織が手を貸そうとするのを拒んだ十太夫は、自分の部屋に戻ると、呼ぶまで声をかけるなと命じ、障子を閉めてしまった。

伊織が道場に戻ると、一京を囲んでいた五人が、悲しげな顔で見てきた。

誰も、父の様子を訊いてこない。

聞こえるのは、ため息ばかりだ。

居づらくなった伊織は、皆に頭を下げて廊下に出た。その時聞こえたのは、

「こんな時に、若がいてくだされば」

と、兄を想う声だ。

一京がその者を止める声がした。

五人はおそらく、兄にくらべて腑甲斐ない伊織に対する苛立ちを一京にぶつけており、聞こえよがしに言葉に出したのだろう。

まったくそのとおりだと思う伊織は、便りすら送らぬ兄の身を案じ、道場から出かけた。父の様子を知らせるのを兼ねて薬をもらいに、寛斎の家に足を運んだのだ。

外は木枯らしが吹き、武家屋敷と寺が並ぶ道が埃っぽく霞んでいる。

寛斎の家に着いた伊織が格子戸を開け、表に歩んで戸を開けると、赤い鼻緒の草履が二つ並べられていた。

琴乃が来ている。

昨日の話ができると思い、声をかけて寛斎の部屋に行くと、廊下に控えていた美津が愛想良く頭を下げた。

会釈をして部屋に入ると、琴乃は真剣な面持ちで筆を走らせ、寛斎から習ったことを書きとめていたのだが、伊織に気づくと筆を置き、笑顔で迎えた。

座を外していた寛斎が呼ぶ声がして、美津が応じて行ったものだから、思わぬ二人きりになった。

伊織が琴の話をしようとする前に、琴乃が口を開いた。

「先生にお預けするつもりでしたが、こちらを、お受け取りください」

差し出されたのは、紺の絹を畳んだ物だ。

伊織は受け取る前に問う。

「これは……」

「先日のお礼です」

琴乃は広げて見せた。

「首巻です。これから寒くなりますから、お使いください」

首巻を持っていない伊織は、気遣いが嬉しく、素直に喜んだ。

「では、遠慮なく」

その場で巻いて見せると、琴乃は微笑んだ。美しくて優しい笑顔は眩しいほどで、まるで天女だ。ささくれ立ったこころが和む気がした伊織は、いつまでも見ていたいと思うのだった。

廊下で響いた咳ばらいで、伊織は我に返る。

部屋に戻った寛斎が、頭を下げる伊織を見つめた。

「おお、来ておったか」

「薬をお願いいたします」

「うむ、できておるぞ」

文机の前に座った寛斎が、またじっと見てくる。

「良い首巻をしておるではないか。わしにくれ」

伊織が焦ると、寛斎は笑った。

「冗談じゃ。それより、十太夫殿の具合はどうじゃ」

「おかげさまで、昨日は滝野で食事をしました」

驚いた顔をする琴乃に、伊織は穏やかな気持ちで言う。

「琴のいい音色のおかげで、父は食がすすみました」

顔を赤らめる琴乃から目を離した伊織は、寛斎に向く。

「今日は道場に出て、先ほどまで稽古を見守っておりました」

寛斎は機嫌良くうなずく。

「では、飲み薬は今日出す物まででよかろう。あとは様子を見て、万が一熱が出るようであればまた来なさい」

「母の時から長らく、お世話になりました」

頭を下げて礼を述べた伊織は、薬を受け取って琴乃に向く。

琴乃は、どこか寂しそうな表情をしている。

伊織は首巻の礼を言い、部屋から出た。

見送りに出た美津が、改めて先日の礼を述べるので、伊織は笑顔で言う。

「わたしこそ、過分な物をいただきました」

「お嬢様が、自ら縫われた物です」

伊織は驚き、胸に垂らしている首巻を手に取ってまじまじと見つめた。

美津が言う。

「お嬢様は琴のみではなく、縫い物も得手のひとつなのです」

伊織は、真剣な面持ちで応じる。

「大切に使わせていただきます。では、ご無礼いたします」

頭を下げる美津に背を向けた。

父が薬離れするなら、もう琴乃に会うこともないだろう。

そう思うと寂しくなるのだが、相手は旗本の姫だ。

格子戸を閉めた伊織は首巻にそっと触れ、勘違いをするなと己に言い聞かせ、路地に足を進めた。

気分転換にわざわざ大通りを歩いて帰った伊織は、道場の裏手に回るため道を横切り、板塀の角を曲がった。人がすれ違うのがやっとの狭い路地を歩いていると、先の角から女が曲がってきた。しきりに後ろを気にして急いでいるのは、見知らぬ横顔だ。おそらく近所の者ではないのだろう。

後ろばかり気にしているので危ないと思い、伊織は板塀に背中を向けて道を空けた。

すると、前を向いた女が伊織に気づき、救いを求めるように手を前に出しながら何か言ったが、慌てているので言葉の意味が分からなかった。

様子に異変を感じた伊織は、駆け寄る。

「どうしたのです」

中年の女は、慌てるあまり手を振るのみで言葉にならなかったが、伊織の腕をつかんでようやく訴える。

「そこの道で、殿方が斬り合いをしています」

まだ日が高い昼間の思わぬ言葉に、伊織は聞きなおす。

「斬り合い？」

「そうです。早く役人を呼ばないと、人が死んでしまいます」

町人の身なりをしている女は、不安そうに急かす。その後ろの道に人影が差したので伊織が目を向ける。木刀を構えている横顔に、伊織は声をあげた。

「万次郎さん！」

こちらを見た万次郎が声を張った。

「お逃げください！」

万次郎が前を見て怒鳴る。

「待て！」

左に逃げた曲者を追う万次郎に加勢するため、伊織は女に板塀を示して言う。

「表に回って、ここの道場の師範代に伝えてください」

「分かりました」

女を行かせた伊織は走った。

裏の道に出ると、先の角を右に曲がる万次郎の後ろ姿が目に入り、伊織はあとを追う。そして角を曲がると、万次郎が道に倒れ、右の太腿を押さえて苦しんでいるではないか。

曲者の姿はどこにもない。

万次郎は歯を食いしばり、苦痛に顔を歪めて押さえている手が赤く染まっている。

「万次郎さん！」

大変なことになったと焦る伊織は、駆け寄って手を重ねた。

呻く万次郎は、きつく目を閉じる。

「不覚を取った」

伊織は袴を裂き、傷を確かめるため万次郎の手をどかせた。

刀の刺し傷から真っ赤な血が流れ、手を当てても、指のあいだから出てくる。

血を止めるにはどうすればいい。

大量の血に動揺した伊織は、咄嗟に首巻を外して、傷口に巻き付けてきつく縛った。

「医者に行きましょう」

伊織は肩を貸して立たせようとしたが、万次郎は激痛に耐えかねた声をあげる。

「若、どうしたのです！」

一京の声に伊織が振り向く。

「万次郎さんが、曲者に太腿を刺されました」

「なんと！」

刀を持っている一京に続き、四人の門人が駆け寄る。

傷を塞いだ首巻は、血の染みが広がっていた。

一京が門人に急ぎ医者に運ぶぞと言い、激痛に呻く万次郎に励ましの声をかける。

「必ず助かる。他に痛いところはないか」

万次郎が、青ざめた顔を横に振る。

伊織も手伝い、万次郎を抱え上げた門人たちが神楽坂の方角へ走り、御家人島内《しまうち》家の別宅を借りて開業している蘭方医、狩野昭栄《かりのしようえい》の診療所へ駆け込んだ。

一京が声を張る。

「昭栄先生！　助けてください！」

「どうした」

書物を手に出てきた昭栄は、声をかけた一京の顔を見て険しい顔をする。

「なんじゃ、初音道場の者か。また厳しい稽古をして痛めつけたのか」

「違います。曲者に太腿を刺されております」

眉間の皺を深くした昭栄は、顎を振って奥に運べと言う。

万次郎を寝台に仰向けにさせた昭栄は、布を丸めた猿ぐつわを嚙ませ、伊織の首巻を解いた。

伊織は首巻を受け取り、袖袋に押し込んだ。

「痛いが我慢しろよ」

昭栄はそう告げて治療をはじめた。

痛みに耐える万次郎を、助手が励ます。

昭栄は不愛想だが医術の腕は確かで、慣れた手つきで傷の消毒をして、縫ってゆく。

糸を切った昭栄は、脂汗を浮かべている万次郎によく耐えたと言い、本人を前に、伊織たちにも告げる。

「動脈を切られておらぬから命は助かるが、筋が傷ついておるかもしれぬ」

一京は渋い顔をする。

「まさか、足が不自由に……」

「まだ断定はできぬ。だが、例の試合には間に合わぬだろう」

道場の事情に詳しい昭栄の判断に、門人たちは困惑の声をあげた。

万次郎は、悔しそうな顔をしている。

門人の一人が一京に顔を向ける。

「師範代、どうしますか」

「まだ出られぬと決まったわけではない」

一京が、涙を流す万次郎のそばに寄り、肩に触れた。

「怪我は治る。あきらめるな」

「そうではないのです師範代。道場を探っていた曲者を逃がした己の未熟さに、腹が立つのです」

「気にするな」

一京はそう言ったが、伊織は口を挟む。

「顔を見ましたか」

万次郎は顔を横に振る。

「二人とも覆面をしておりました」

「どこで気づいたのです」

「井戸端で汗を拭いている時です。覗く者がおりましたので、磯部がしつこく探りを入れているのだと思い外へ出ましたら、いきなり斬りかかってきたのです」

伊織はうなずく。

「それで、捕らえようとしたのですか」

「はい。一人だと思い、油断しました。逃げると見せかけて、待ち構える仲間のところに誘い込まれて、このざまです。お許しください」

伊織は首を横に振った。

「命が助かってよかった」

慰める伊織の横で、一京は憤りを隠さぬ。

「襲うために、わざと見つかるようにして誘い出したとしか思えぬ。磯部は、先生を倒幕派だと決めてかかり、道場を潰そうとしているに違いない」

伊織は否定した。

「もしそうなら、父は戻されておらぬでしょう」

「しかし……」

「若、先生が心配ですからお戻りください」

万次郎に言われて、伊織は焦った。

「帰ります。万次郎さん、無理をしないで、先生の言うことを聞いてください」

「はい。師範代も、お戻りください」

伊織が一京に言う。

「一京さんはここにいてください」

万次郎が止めた。

「一人は危のうございます」

「わたしは大丈夫」

伊織が強い意志を示すと、一京は応じた。

「分かりました。くれぐれも気を付けてください」

うなずいた伊織は、急いで道場に戻った。

六

公儀の目を恐れて来ないだろうという一京の予想に反して、夕方の稽古に来ていた十一人の門人たちは、見所に座す十太夫の前で稽古をはじめており、素振りをする声がしている。

安堵した伊織が急いで道場に入ると、気づいた門人たちが集まってきた。道場の目の前にある丹波園部《たんばそのべ》藩の中屋敷で暮らしている若き藩士が、真っ先に口を開く。

「若、万次郎殿はご無事ですか」

父に言わせると、古風な武士である木田光一郎《きだこういちろう》に万次郎のことを教えると、木田たちは磯部の仕業と決めつけていきり立った。

「もう我慢ならん」

浪人の門人が声をあげ、今にも磯部を襲いに行きそうな気配になるのを、見所にいる十太夫が厳しく止める。

「ここで動けば磯部の思う壺じゃ。何があろうと動いてはならぬ」

門人たちは悔しそうにしたものの、逆らう者は一人もいない。

木田が問う。

「万次郎殿が大怪我をしたとなると、今一度、道場の代表を決める試合をなされますか」

十太夫は黙して答えぬ。

木田が、皆に向く。

「御前試合に勝って仕官を望む者は稽古をしろ。時が許す限り、今からわたしたちが相手をしてやる」

「お願いします」

「やめい。今日はこれまでじゃ」

十太夫に厳しく止められ、門人たちは沈黙した。

血の気が多い門人たちが大騒ぎを起こさず安堵した伊織を、十太夫が手招きする。

こまごまと命じられた伊織は承知し、父に頭を下げて離れると、門人の一人を万次郎のもとへ走らせ、己は奥へ急ぐ。

「佐江、佐江！」

「ここですよ」

台所から声がするので足を運ぶと、佐江はこちらに大きな尻を向けて、竈に薪をくべていた。

「佐江、万次郎さんが怪我をした」

騒ぎを知っている佐江は、目をまん丸にした顔で振り向く。

「お怪我の具合は」

「足を刺されて当分歩けない」

「えっ！」

うろたえる佐江に、伊織は落ち着けと宥めて告げる。

「そういうわけで、今日からここに泊めると父がおっしゃった」

佐江は眉間に皺を寄せた。

「先生がようやく起きられるようになったというのに……。万次郎さんはいつ来られます」

「今迎えに行かせたから、そのうち戻る」

「では膳を増やさないと」

「頼めるか」

「お安いご用です。動けないなら先にお布団を敷きますから、火を見ていてください」

「分かった」

伊織は台所に下り、火の守を替わった。

幼い頃から母を手伝っているだけに、慣れたものだ。

甘じょっぱいかぼちゃの煮物が焦げないよう気を付け、別の鍋の蓋を取った。

百人近い門人を抱える道場主でも、質素を好む十太夫に合わせた食事は、いつも一汁一菜だ。

だいこんの味噌汁の味をみた伊織は、炊けたばかりの米をほぐしにかかった。

佐江が支度を整えた頃になっても万次郎が戻ってこないので、伊織は心配になってきた。

佐江と台所を替わり道場に行くと、やけに静かだった。廊下から中に入った伊織が見たのは、木田をはじめ七人の門人が、十太夫の前で平身低頭している姿だ。

「先生……」

言葉に詰まる木田に、十太夫は問う。

「他藩に仕える親を持つ者は来ぬようだが、おぬしは、藩から止められておらぬのか」

木田は、重々しく告げる。

「我が殿は、何があろうと先生のお味方です。しかしながら、我らは藩命により、急遽国許に戻らねばなりませぬ」

仕える身である木田たちは、藩命に背くことはできぬ。

四人の浪人たちは、寂しそうな顔をして黙っている。その中の一人が不服そうな顔をして物申そうとしたが、十太夫が厳しい目を向けると、口を閉ざした。

十太夫が穏やかに告げる。

「分かった。道中、くれぐれも気を付けて行け」

顔を上げた木田たちは皆、目を赤くしている。

表門まで見送った伊織に、木田が言う。

「若、我らは江戸を離れますが、先生を二度と、磯部に渡してはなりませぬぞ」

「頼みます」

れっきとした藩士である七人に頭を下げられた伊織は、恐縮しつつも、固く約束した。

互いに再会を誓ったものの、帰っていく七人の後ろ姿を見ていると、もう戻ってこないような気がしてならなかった。

姿が見えなくなるまで立っていた伊織は、まだ戻らぬ万次郎に何かあったのだろうかと心配になり、庭を裏に回って通りに出てみた。すると、暗い通りの先に、ちょうちんのおぼろげな明かりがあり、こちらに向かっている。

戸口の前から動かず、明かりが近づくのを待っていると、荷車の音がしてきた。横になる万次郎のそばには、一京が付き添っている。

伊織が走って行く。

「お帰りなさい。遅かったですね」

一京が険しい顔で応じ、止まることなく道場に着くと、門人たちが万次郎に手を貸して中に入った。

待っていた十太夫が伊織に言う。

「飯にしよう」

「承知しました」

佐江が温めなおしてくれた味噌汁と煮物を膳に調えた伊織は、道場に運んだ。

十太夫と門人たちは、会話もなく、重苦しい空気の中で黙々と食べた。

伊織は、佐江が支度した部屋に連れて行かれた万次郎の分の膳を持って行った。

すると、怪我と治療で疲れたらしく、眠っていた。

起こさぬよう枕元に膳を置いた伊織は、静かに障子を閉め、道場に戻った。明日は万次郎のために、寛斎に薬をもらいに行こう。

そう決めて道場に戻ろうとすると、食事を終えた門人たちが膳を台所に返していた。

佐江が一人で洗い物をするのを見た伊織は、襷をかけて横に並ぶ。

「手伝おう」

「伊織様、わたしの仕事を取らないでください」

「いいから」

伊織は洗い物をはじめ、手際よく片づけてゆく。

それを見た佐江が、目尻を下げた。

「奥様は、伊織様がここを出て独り立ちされた時に困るからとおっしゃって、幼い頃からお手伝いをさせてらっしゃいましたけど、今では、わたしより達者でらっしゃいますね」

伊織は微笑み、茶碗を洗う。

佐江が思い出したように見てきた。

「伊織様は食事をされたのですか」

「あとで佐江といただくさ」

「まあ、いけません。お召し上がりください」

「さっさと片づけよう」

伊織が洗った茶碗を拭くよう渡すと、佐江は申しわけなさそうに受け取った。

そこへ一京が来た。

「若、先生が道場でお呼びです」

伊織は応じ、襷を解いて一京に続いた。

明かりが漏れている道場の前で片膝をつく。

「父上、まいりました」

「うむ、ここへ座れ」

伊織は見所に向かい、一京と並んで座った。

十太夫は渋い顔で皆を見る。

「御前試合を目指すのは、やめとする」

門人たちが騒然となった。

一京は下を向いて黙り、騒ぐ者たちを止めようとしない。

弱気だ、負けたようで悔しい、という門人たちの声を聞きつつ、伊織は黙っていた。洗い物をしながら考えていた思いをこの場で父に打ち明けるか、迷っているのだ。

代表者を再選する試合があるならば、言おうとしていたことだ。

迷った挙句、思い切って口を開こうとした時、一京が皆を黙らせ、十太夫に問う。

「先生、本気で辞退されるのですか」

「ふたたび代表者を決めたところで、磯部が邪魔をしてくる。万次郎の二の舞となるわけにはいかぬ」

そう述べる父の、袴をにぎり締める両手が微かに震えている。

じっと見ていた伊織は、息を吐いて気持ちを落ち着かせ、両手をついた。

「父上、わたしを代表者にしてください」

門人たちが愕然としたが、すぐに、失笑とも取れる声があがった。ろくに道場で稽古をしていないのだから当然だ。

門人たちの冷ややかな眼差しと、十太夫の厳しい目を受けても、伊織の決心は揺るがない。

そんな中、一京のみが、どこか嬉しそうな表情をしている。

門人の一人が、うしろから声をかけた。

「若、悔しい気持ちは我らも同じ。ですが、はっきり申し上げて、若には荷が重すぎます」

「さよう。猛者が腕を競う場ですぞ。万次郎殿ほどの者でなくては、恥をかきに行くようなものです」

十太夫にじろりと睨まれ、その門人は慌てて口を閉ざした。

ふたたび静まる中、十太夫が伊織に問う。

「このままでは、道場が立ちゆかぬと思うての願い出か」

「もはや、御前試合で勝ち残ろうと、初音道場を去った方々は戻られぬと存じます」

「はっきり言うではないか」

「申しわけありませぬ」

「よい。お前の言うとおりじゃからの。そう思うなら、何ゆえ厳しい戦いに挑もうとする。母さんに遠慮はいらぬと申したが、御前試合を目指すとは、出すぎであろう」

伊織は父の目を見る。

「母上のためでもあります」

十太夫は眉間の皺を深くした。

「母さんは、剣術を控えよと言うておったではないか。何をもってためと申すのか」

「兄上に戻っていただくには、こうするしかないと考えました」

「何？」

「御前試合は、そもそも出られるだけで誉。勝ち負けにかかわらず、あの場に出た者の名が日ノ本中に伝わると聞きましたが、まことですか」

「いかにもそうじゃ」

答えた十太夫が、目を見張る。

「智将の耳に入れるためと申すか」

伊織は真顔でうなずいた。

「わたしが御前試合の場に立てば、伊織ようやったと、兄上は必ずや祝いの便りをくださりましょう。それを機に逗留先が分かれば、母上の死と、道場の危機をお伝えできます」

十太夫は腕を組み黙考した。それは僅かな時で、厳しい目を伊織に向ける。

「よかろう」

この決断に、門人たちがどよめいた。

「先生、無謀です」

「さよう、昌福寺の試合に勝ち残らねばならぬのですぞ」

伊織の身を案じて再考を願う声が大半を占めたが、十太夫は聞かぬ。

「伊織、己から言い出したことじゃ。必ず御前試合に出ろ。よいな」

「精進いたします」

「話はこれまでじゃ。皆、本日はご苦労だった」

門人たちは、もう何も言わず頭を下げた。

帰る門人たちを見送った十太夫は、一京に肩を貸させ、道場から出ていった。

残った伊織は、後悔はしていない。どうしても兄に帰ってもらいたくて、できることをしようと思ったのだ。

言ってしまえば、妙に気持ちが落ち着いた伊織は、ふと思い出し、袖袋から首巻を取り出した。

せっかくの品を、血で汚してしまった。

佐江ならなんとかしてくれるだろうと思い、台所に足を運んだ。

夕餉を食べずに待っていた佐江が言う。

「伊織様、今お汁《つゆ》を温めますからお召し上がりください」

伊織は首巻を袖袋に戻した。

「佐江も一緒に食べよう」

はいと応じた佐江を待ち、二人で食事をした。

かぼちゃの煮物をおかずに腹が落ち着いたところで、伊織は切り出す。

「万次郎さんに代わって、わたしが御前試合を目指すことになった」

茶を飲んでいた佐江はぐっと息を呑み、咳き込んだ。

背中をさすってやると、伊織の腕をつかむ。

「伊織様、何をおっしゃっているのです。奥様があれほどに……」

「兄に戻ってもらうためだ」

「意味が分かりません」

伊織は、一度便りをよこしたきり行方が分からぬ智将と連絡を取るきっかけを作るためだと言い、佐江を驚かせた。

「本気でおっしゃっているのですか。昌福寺の試合で勝ち残ったとしても、それは序の口。お城での御前試合がどのように過酷なものか、お父上から聞いてらっしゃるでしょう」

「命までは取られないはずだ。わたしは、今できることをやりたいのだ」

伊織は佐江を落ち着かせ、袖袋から首巻を出した。

「それより佐江、万次郎さんの傷を押さえるためにこれを汚してしまったのだが、血を落とせるだろうか」

手に取った佐江は、伊織の顔を見る。

「ずいぶんいい生地ですね。これはどなたの物ですか」

「わたしのだ。知り合いからいただいたばかりだった」

「まあ、そのような大切な物を」

紺の絹の首巻を開いた佐江は、何かに気づいたように一点を見つめる。

「一見すると無地ですが、ここに刺繡がされていますね」

見せられたのは、同じ色合いの糸を使って扇がひとつ、刺繡されていた。

佐江が感心したように言う。

「見事な針仕事をされていますこと。真心が込められているように見えますが、伊織様、ひょっとして……」

「寛斎先生にいただいたのだ」

琴乃のことを言えず、咄嗟に口をついて出た。

「大事に使いたいのだが、汚れを落とせるか」

「おまかせを」

すぐ洗えば落とせると言った佐江は、井戸に向かった。

せっかくの品を汚してしまったのを申しわけなく思う伊織は、落ち込んだ。

その頃、十太夫は部屋で一京と向き合っていた。

二人が語っているのは、伊織のことだ。

「まさか伊織が、御前試合に出たいと申すとはな。智将と繋ぎを取りたい一心であろうが、驚いた。どう思うか」

一京は真面目な顔で答える。

「よろしゅうございます」

「伊織を買い被りすぎではないか」

一京が微笑む。

「先生は、若が爪を隠されていることにお気づきのはずです」

十太夫は目を伏せた。

「正直、わしはまだ、あれの底力を見出せておらぬ」

「それこそが、若に見込みがある証なのです」

「どういう意味じゃ」

「わたしは、先生のご指導で若が真の力を解き放たれるのが、楽しみでなりませぬ」

「それを申すな。この足では、相手になってやれぬ」

「相手はわたしがいたします。先生は、足りぬところをご指導してあげてください」

十太夫は考えていたが、ふっと、笑みをこぼす。

「よかろう。どれほどのものか、この目で確かめる。明日からはじめるが、決して、手加減をいたすな」

「元よりそのつもりでございます」

頭を下げた一京は、万次郎の様子を見ると告げて、部屋を出ていった。

渋い顔をする十太夫は、一人黙然と一点を見つめ、考えごとをはじめた。


翌日の夕方、道場から自室に戻った十太夫は、苛立たしげに煙管《キセル》を吹かしていたが、あとから来た一京が座ると、青竹の灰吹きに煙管の雁首をかつんと当てて火を落とし、不機嫌そうに言う。

「やはりお前は、伊織を買い被りすぎじゃ」

伊織と立ち合い稽古をした一京は、少しも焦っていない。

「まだ一日目です。ここは気長に」

「ふん」

十太夫はふたたび煙管の火皿に煙草を詰め、火を付けようとして、ため息を吐く。

「本気で、ものになると思うておるのか」

「底知れぬ何かを感じまする」

「何か、か。まあよい。町道場の代表者が集まる日までにものにならなければ、辞退するまでじゃ。明日も頼むぞ」

「はは」

一京が辞した頃、伊織はというと、万次郎の横に敷かれた布団に伏せていた。

「痛い、佐江、もっと優しくしてくれ」

一京に木刀で打たれた肩や脇腹に、無数の痣ができている。

佐江はそのひとつひとつに湿布を貼っているのだが、五つ目を貼った時にため息を吐いた。

「まったく……」

「怒るのも無理はないよな。一京さんは、やりすぎだと思う」

「そうじゃありません。こんなに打たれて情けない。もっと本気をお出しください」

尻をたたかれて、伊織は悲鳴をあげた。

驚いた佐江が袴をずらして着物の裾を端折り、目を見張る。

「なんですかこれは」

「父上に罰を受けたのだ。腑甲斐ないと怒られて」

佐江は笑いはじめた。

「可愛いお尻がこんなに……」

赤子に触れるようにされて、伊織は恥ずかしくなった。

「よしてくれ」

「お静かに」

尻に湿布を貼り終えた佐江が、隣で笑っている万次郎に顔を向ける。

「万次郎さんからも言ってあげてください。伊織様は、本気をお出しになれば、こんなに打たれるような人ではないはずだというのに……」

万次郎は意外そうな顔をした。

「若、隠れて剣術の稽古をなさっていたのですか」

起き上がった伊織は、顔を横に振って言う。

「佐江の買い被りすぎですよ。ほとんど道場で稽古をしていないのだから、一京さんに歯がたつわけはないのです」

「嘘です。奥様が……」

「佐江、ほんとうに、これが今の実力なのだ」

爪を隠すよう言われていたのを万次郎に知られたくない伊織は、佐江を黙らせた。

「万次郎さんの薬をもらいに、寛斎先生のところへ行ってくる」

すると佐江が、薬の袋を見せた。

「狩野先生にいただいたのがありますよ」

「そうか」

伊織は、出かける口実を失いがっかりしたが、顔には出さず、身体を休めることにした。

翌日からも、門人たちがいない道場で一京と向き合い、父の指導の下、厳しい稽古を続けた。

一心天流を極めている一京の太刀筋は鋭くも、伊織は稽古を重ねるたびに、相手の剣気を身体で感じ、打ち込まれる前に切っ先を制すようになっていった。

日が過ぎてゆき、万次郎が床上げをした。

だが、筋が切れておらぬにしても、傷付いたせいで右足に思うように力が入らないらしく、

「これではとても、御前試合を目指せませぬ」

万次郎は肩を落として、家に帰った。

見送った十太夫は、とうとう一京と伊織しかいなくなった道場に座し、渋い顔をして目をつむった。そして口を開く。

「一京」

「はっ」

「表門を閉じよ。昌福寺の試合まで時がない。なんぴとも入れず、伊織に技をたたき込め」

「承知しました」

十太夫の顔つきが変わったように思った伊織は、一京と表門を閉めに行った。

「若、これよりは、手加減をしませぬぞ」

伊織は驚いて顔を見る。

「あれで、手加減していたのですか」

いつもなら微笑むところだが、一京は表情を崩さない。

「わたしを倒すことができれば、万次郎を超えたことになりますから、若は自信を持って技を盗んでください」

門を閉めて閂《かんぬき》を落とした伊織は、一京に向く。

「今の言われようは、道場の代表を決める試合で、わざと万次郎さんに負けたように聞こえますが」

一京は真顔で首を横に振る。

「勝負は時の運。万次郎とは、ほぼ互角と言っておきましょう」

含んだ物言いだが、万次郎の実力を見て知っているつもりの伊織は納得した。

道場に入り、父の指導の下一京と立ち合い稽古をはじめた伊織は、夕方まで技を磨いた。

十太夫はともかく、一京はこれまでとは別人のように厳しくなり、木刀を打ち下ろす時は殺気さえ帯びた太刀筋で、まともに食らえば命が危ういと感じるほどだ。

それでも、すべてをかわすことはできなかった。

肩に湿布を貼ってくれる佐江にそのことを話すと、嬉しそうに返された。

「でも伊織様、今日打たれたのは二度だけでしょう。しかも、一本取れたそうじゃないですか。やっと本気を出しはじめたのですね」

まだ爪を隠していると信じて疑わない佐江に、伊織は苦笑いをした。

「爪は隠していない。真剣ならば二度殺されていた。それほどに、一京さんは強いのだ」

「それを言うなら、一心天流が強いのですよ。一京さんは、先生の分身ですもの」

伊織は佐江に振り向いた。

「わたしは今日、初めて見たような気がしたが、佐江は知っていたのか、一京さんの本気の姿を」

佐江は鼻を高くする。

「何年お仕えしているとお思いですか。先生と一京さんが二人きりで立ち合い稽古をなさるのを、何度も見させていただきました。こっそり隠れてではございますが」

最後は声を潜める佐江が笑った。そして言う。

「その一京さんの本気を、二度しか受けなかったのですから、今頃は、お二人とも驚いてらっしゃると思いますよ。あ、そうそう、大切な首巻をお返ししますね」

渡された首巻は、もらった時と同じ手触りで皺ひとつない。

「元どおりに戻っている。ありがとう」

「どういたしまして」

佐江は嬉しそうに言うと、夕餉の支度に戻っていった。

首巻を見ていると、琴乃の顔が目に浮かぶ。

伊織は気が休まり、自然に笑みがこぼれた。

その頃道場では、十太夫と一京が向き合っていた。

正座して言葉を待つ一京は、額に玉の汗を浮かせ、紺の胴着の襟元には汗染みができている。

いかがですか、と問われていた十太夫は、ようやく口を開いた。

「お前が見込んだとおりのようだ」

一京は真剣な面持ちでうなずく。

「正直、わたしも驚いております。二度打ちましたが、いずれも相打ちでした。若はこの数日のあいだに、独自の剣を見つけられたように思います」

「まだ奴は、気づいておらぬようじゃ。筋は良いが己の物にはなっておらぬ。昌福寺の試合に間に合うか分からぬぞ」

「わたしが、真の力を引き出しまする」

頭を下げる一京の前に、十太夫は一通の文を差し出した。

引き取った一京が、顔を上げて問う。

「これは……」

「今朝届いた。磯部をよう知る者に頼み、探りを入れてもろうておったのだ」

「万次郎を襲ったのは磯部の手先ですか」

「文に書いてあるが、どうやら違う。磯部は、万次郎が襲われた日より前から、家来を連れて浦賀《うらが》におもむいておる。門人がわしの下を離れたことに満足し、道場の見張りを解いて浦賀へ旅立ったそうじゃ」

「では、誰が万次郎を襲ったのでしょうか」

十太夫は眉間の皺を深くし、考える顔をする。

「わしが睨んでおるのは、万次郎に昌福寺の試合に出られては困る者じゃ」

一京は前のめりになった。

「まさか……」

「万次郎は、御前試合にもっとも近いと評判が立った。それを邪魔と思う者がいても、不思議ではない」

一京は心配そうな顔をした。

「万次郎に代わって若が代表者になったことは、すでに届けてございます。若も狙われるのではないでしょうか」

「伊織を代表にすると届けた時、ひとつ道が開けたという声があったそうじゃ。伊織の剣技については、わしも今日まで半信半疑だったゆえ、見くびられても当然よの」

笑う十太夫は、真顔になり手招きした。

一京が身を寄せると、小声で告げる。

「世間には、伊織が未熟者だと思わせておけ。門人の誰にも、使えそうじゃと申すでないぞ」

「万次郎が帰るなり門を閉められたのは、そういうお考えでしたか」

「まずは、昌福寺の試合で勝たねば話にもならぬからのう」

一縷の望みをもって片笑む十太夫に、一京は頭を下げて承知した。

第三章　覚悟

一

連日厳しい稽古を続けている伊織だったが、この日は、寛斎の家に行った。

外はからっ風が吹き、通りを歩く町の女は、髪が砂埃で汚れるのを嫌って手拭いで隠しながら、先を急いでいる。

寛斎の家に到着して表の戸を開けると、赤い鼻緒の女物の草履が二足揃えてあった。

琴乃と美津が来ているのだと思った伊織は、首の巻物をそっと触り、乱れていないか確かめてから声をかけ、勝手に上がった。

障子が閉められている寛斎の部屋の前でもう一度声をかけると、

「入れ」

寛斎の渋い声が返った。

障子を開けると、琴乃と美津が笑顔で頭を下げた。

薬学を学んでいた琴乃は、帳面を広げた文机の前に座っている。

「邪魔をして申しわけない」

琴乃は首を横に振り、筆を置いた。ちらりと、首元に目を向けるのが分かった伊織は、寛斎の手前、首巻のことを口に出さず、そっと笑みをかわした。

「いかがした」

問われて、伊織は寛斎に向く。

「家の者が風邪をひいて寝込んでしまいましたので、薬をお願いしにまいりました」

「誰じゃ」

「佐江です」

「水仕事が辛い季節ゆえ、悪い風邪が流行りはじめておる。咳は出ておらぬか」

「出ております」

「では、肺炎になっておらぬか診てやろう。琴乃、今日はこれまでじゃ」

「はい」

町駕籠を呼ぶため、帰る琴乃と表に出たところで、伊織は首巻の礼を述べた。

「肌触りもよく、暖かくて助かっています。良い物をありがとう」

「気に入っていただけて、ようございました」

琴乃は、嬉しそうに微笑み、美津と帰っていった。

背中を見送って振り向いた伊織は、通りの角に入った人影が身を隠すようにした気がして、そちらに注目した。

だが気のせいだったのか、顔を出してこちらをうかがう者はいない。

それでも、万次郎のことがあり気になった伊織は、用心して足を運び、その三辻に近づいた。家の板塀から離れて辻を確かめると、通りには侍と町人が数人歩いていたが、怪しげな者はいそうになかった。

ひとまず安堵した伊織は、その通りの先にある駕籠屋に行った。

編笠を被った侍がそっと路地から出たが、伊織は見られていることに気づかない。

伊織が寛斎を連れて道場に戻るまで見届けた侍は、足早に立ち去り、番町にある武家屋敷に入っていった。そこは、榊原勝正の屋敷だった。

二

伊織と久しぶりに会った日から四日後、今日も琴乃は薬学に励むべく、美津と二人で寛斎の家に行った。ところが、寛斎は珍しく出かけようとしていた。

足を悪くする前は槍術の達人だったという寛斎は、手に馴染む、という理由で愛槍の柄を杖に作り替え、出かける時はそれを使う。

長い杖に両手でしがみ付くようにして一歩ずつ足を運ぶ姿は、家の中で見るより弱々しく思えた。外を歩く師の姿を初めて見た琴乃は、思わず駆け寄った。

「先生」

寛斎は渋い顔で振り向く。

「おお、そなたか」

「どちらにお出かけですか」

「昨日薬を取りにまいるはずだった伊織が来なんだゆえ、風邪でもうつされて寝込んでおるのではないかと思うてのう。散歩ついでに、薬を届けてやろうとしておったところじゃ」

「わたしでよろしければ、お申し付けください」

「お嬢様……」

美津が止める前に、寛斎が拒んだ。

「旗本の姫御に、使いなど頼めるわけがあるまい」

「今のわたしは、先生の弟子として申し上げてございます」

真顔でそう言う琴乃に、美津は焦りの色を浮かべた。

「お嬢様、なりませぬ。先生の代わりに、この美津が届けてまいります」

「わたしは先生の弟子として、お役に立ちたいのです」

止める美津に耳を貸さぬ琴乃をじっと見ていた寛斎が、ふっと息を吐いた。

「では、頼むかの。思い立って出たものの、膝が痛《いと》うてかなわん。ついでに、伊織の父十太夫殿の具合も聞いてきてくれ」

応じて薬の紙袋を受け取った琴乃は、寛斎から道場までの道順を聞き、美津と二人で向かった。

道場の表門の前に立った美津が、左右を見て琴乃に向いた。

「お嬢様、驚きました。わたしが想像していたよりずっと大きな御屋敷でございます」

美津は来る道すがら、町道場ですから御家人の屋敷ほどでしょうか、などと語っていただけに、町道場という物を知らぬ琴乃は鵜呑みにしていた。

ところが実際は、瓦葺きの土塀は長々と続いており、見上げれば大木が葉を茂らせ、落ち着いた佇まいと大きさは、大名の屋敷とまではいかないものの、旗本の屋敷に引けを取らぬ。

表門こそは、身分に見合って小ぶりだが、琴乃にとって、そんなのはどうでもいいことだった。

美津が表門に歩み寄り、戸をたたいて声をかけた。

「もし、寛斎先生のお薬をお届けにまいりました」

返事はなく、待っても戸を開ける気配もしない。

「裏に回ってみましょう」

琴乃はそう言うと、長い土塀沿いを戻り、路地に入った。

裏手に続く路地も長く、美津がまた感心している。

「お嬢様、わたしは剣の道のことは存じませぬが、御屋敷を見れば分かります。初音家は、よほど名が知られた大道場ではないでしょうか」

「お爺様に訊いてみましょう」

「それはなりませぬ。伊織殿と仲良くされていると思われれば、外に出ることを禁じられる恐れがございますから」

琴乃ははっとして振り向いた。

「そうでした」

「このことは……」

二人だけの秘密だという具合に、美津は唇に人差し指を当てて見せた。顔は半分笑っている。

裏の出入り口は、旗本屋敷のような門構えではなく、戸が一枚だけの簡素な造りだった。

美津が戸をたたいて声をかけると、中から応じる女の声がして、引き戸が開けられた。

武家の女が二人立っているのを見て、少し潤んだ目をしている女は丁寧にお辞儀をすると、用向きをうかがう顔をした。

藍染の着物姿を見た琴乃は訊いてみることにした。

「佐江殿、ですか」

「さようでございます」

答えた佐江は、見知らぬ琴乃に戸惑いの色を浮かべる。

「わたくしは、寛斎先生の弟子の琴乃と申します」

人に弟子と名乗る琴乃に対し、横に立つ美津は目を見張った。

気にせぬ琴乃は続ける。

「先生の使いで、お薬をお届けにまいりました」

「まあ」

驚いた佐江は、恐縮した。

「ありがとうございます。若様に代わって、わたしが受け取りに上がろうとしていたところでした。お弟子様に足をお運びいただき、申しわけありません」

深々と頭を下げる佐江に、琴乃は慌てた。

「いいのです。先生が、伊織殿がいらっしゃらないのを気にしておられましたから、代わりにまいりました。ひょっとして、風邪をめされましたか」

佐江は、ばつが悪そうな顔を上げた。

「わたしが風邪をうつしてしまったのです。わたしが早く薬をもらいにうかがえばよかったのですが、家のことをしているうちに時が過ぎてしまいました。まことに申しわけありません」

「わたしたちのことは、どうか気にしないでください。それより、ちょっと失礼」

琴乃は佐江に歩み寄り、そっと額に手を当てた。顔に赤みがあると思ったとおりだった。

「まだ熱があるようです」

佐江はまた恐縮して離れた。

「もう起きられますから、大丈夫です」

「ぶり返すといけませんから、中にお入りください」

佐江は素直に応じて、勝手口から台所に入った。

美津と共に琴乃が続いて入ると、ほのかに薬湯の匂いがした。

「熱冷ましの薬ですか」

「はい。寛斎先生にいただいたのが一回分残ってございましたから、若様がお目ざめになられましたので、お飲みいただこうとしておりました」

弟子と聞いて気を許した佐江は、伊織が昨日の夜から高い熱を出したのだと告げた。

熱がある佐江を座らせた琴乃は、薬湯の具合を確かめると湯呑みに入れ、まずは佐江に飲ませた。

そして、寛斎が渡してくれた薬の袋を開け、慣れた手つきで新しく煎じると、佐江に伊織のところへ案内するよう告げた。

美津はもう止めることなく、琴乃のそばに付いてきた。伊織のことを心配しているのだ。

佐江が案内したのは、広い庭がある部屋だ。閉められている障子の前に座った佐江が、声をかける。

「若様、寛斎先生のお弟子の琴乃様が、お薬を届けてくださいました」

佐江が障子を開けると、伊織が驚いた顔をして起き上がっていた。

琴乃が薬湯を持って入ろうとすると、伊織が止める。

「いけません。風邪がうつりますから、そこに置いてください」

「わたしは大丈夫です」

根拠はないが、琴乃は伊織のそばに座し、額に手を当てた。高い熱を心配するあまりの行動だったが、伊織の澄んだ目と目が合った瞬間に胸の鼓動が高まり、琴乃は急に恥ずかしくなって下がった。

「熱が高《たこ》うございますから、お薬をお飲みになって横におなりください」

湯呑みを手渡すと、伊織はゆっくりと飲み干し、琴乃に微笑んだ。

「ありがとう。おかげで、佐江も出かけずにすみました」

「横におなりください」

うなずいた伊織は仰向けになり、目を閉じた。

琴乃は問う。

「寛斎先生から、お父上のご様子をうかがうよう申しつけられました。いかがでございますか」

「父は大丈夫ですとお伝えください。今は、風邪がうつるといけませぬから、門弟の家に身を寄せています」

琴乃はうなずいた。

「そうお伝えします」

「琴乃殿もうつるといけませぬから、もうお戻りください」

「はい」

立ち上がった琴乃に、伊織は顔を向けて見上げた。

「いつか、このお礼をさせてください」

琴乃は微笑み返した。

「安静にして、一日も早く元気になってください。では、また」

「また」

佐江に無理をしないよう告げた琴乃は、見送りも断り道場の裏から出たのだが、
美津がすぐ横に並び、顔を覗き込んできた。

「お嬢様、美津は感じたのですが……」

その先を言うのを躊躇う美津を、琴乃は立ち止まらず見て問う。

「何を感じたのです」

美津は不安そうに口を開く。

「伊織殿のことを、そのぉ……お慕い……」

「まあ可愛らしいこと」

突然足を速めた琴乃に、美津は慌ててあとを追う。

「お嬢様、いかがなされたのです」

生垣のそばでしゃがんだ琴乃は、枝が途切れている穴の中に手を差し伸べて言う。

「今、真っ白い子猫がいたのです」

良い子だからおいで、と声をかけるのがどうも誤魔化された気がした美津は、嬉しそうな琴乃の横顔を見て、つい乙女心を探りたくなるのだった。

三

琴乃のおかげもあり、伊織の熱は三日後には下がった。

佐江はそれを待っていたかのように、朝餉の給仕をしながら切り出した。

「気になっていたのですが、首巻をくださったのは琴乃様ですか」

唐突に訊かれて味噌汁を吹き出しそうになった伊織は、酷くむせた。

それを答えと取った佐江は、背中をさすってくれながら言う。

「とても清楚で、お育ちが良いのが分かります。どちらのお嬢様ですか」

伊織は返答に困った。

「まあ、よいではないか。あの巻物は、お礼にいただいたのだから」

佐江は探るような目をしたが、表から十太夫の声がしたのに返事をして、迎えに出ていった。

十太夫は、風邪がうつる心配がなくなったとの知らせを受け、道場に帰ってきたのだ。

そして昼を過ぎた頃、十太夫に来客があった。

一刀流《いっとうりゅう》の春秋館《しゅんじゅうかん》の主宰春名秋三郎《はるなしゅうさぶろう》が、息子の凜太郎《りんたろう》を連れて訪ねてきたのだ。

佐江に酒肴の支度を命じた十太夫は、久しぶりに会う友を客間に招き、

「まずは一献」

よう来てくれたと喜び、酒をすすめた。

息子の凜太郎は、少し見ないあいだに立派な青年になり、十太夫は盃を取らせて

目を細める。

「昌福寺の試合に出るのか」

「はい」

凜太郎は自信に満ちた表情で応じ、酒を注がれた盃を押しいただくようにして、一息に飲み干す。

「いい飲みっぷりだ。秋三郎、頼もしい息子がおって良いな」

「近頃は、三本勝負をしても一本取るのがやっとだ」

嬉しそうに言う秋三郎が、ふと、真面目な顔になる。

「見舞いが遅うなってすまぬ」

十太夫は首を横に振り、酒をすすめた。

酌を受けず盃を置いた秋三郎が、改まって頭を下げる。

「野暮用で江戸を離れておったゆえ、怪我を知ったのがつい五日前なのだ」

「もうよいから、顔を上げて飲んでくれ。前のように剣を振るえずとも、こうして生きておる」

秋三郎はうなずき、盃を取って差し出した。

十太夫が注いだ酒を一息に飲み干した秋三郎は、返杯をしながら言う。

「話は変わるが、試衛館《しえいかん》の暴れ者の話を聞いたか」

養子の嶋崎勇《しまざきいさみ》（後の近藤勇）のことだ。

「何も耳に入っておらぬが、嬉しそうな顔をしているな」

「昌福寺の試合に出ないそうだ。強敵が一人減って安心した」

笑う秋三郎に、十太夫は真顔で問う。

「出ない理由はなんだ」

秋三郎は酒を注ぎ、長い息を吐いた。

「勇の奴は、御前試合などただの遊びだと言ったらしい」

十太夫は耳を疑った。

「本心でそう言ったのか」

「噂ゆえ、嘘かまことかは分からぬが、とにかく出ぬのは確かゆえ、凜太郎の強敵が一人減ったのは良いことだ。のう、凜太郎」

「わたしは、一度立ち合ってみたいと思うておりましたから、残念です」

「だそうだ」

嬉しそうに言う秋三郎に、十太夫はうなずく。

「我らも若い頃は、強い相手と剣をまじえてみたいと思うておったな」

「いかにも。そのためだけに、御前試合に挑んだ。嶋崎勇は、いずれは試衛館をまかされるであろうほどの逸材だが、御前試合を遊びなどと言うて出ぬのは、案外弱気なのかもな」

「志を持っての辞退かもしれぬぞ」

「志か……。井伊大老は、倒幕派の浪士を捕らえるため剣の遣い手を集めておるらしいから、御前試合を軽んじる言葉を吹聴して井伊大老の目を引き、将軍家の直参に取り立ててもらおうとしておるのかもな」

「将軍家の直参か……。メリケンに尻尾を振る幕府の犬になりたいのだろうか」

「口が裂けても、外でそれを言うなよ」

十太夫は友の顔を見る。

「そういうおぬしも、井伊大老がすることが気に入らぬのではないか」

「今の話を磯部が聞けば、喜ぶであろうな」

「奴の名を出すな。酒がまずくなる」

十太夫が苦い顔をして酒を飲むのを見ていた秋三郎が、凜太郎と目をかわして切り出す。

「酒がまずいうちに、友として話をするぞ」

十太夫は盃を置いた。

「なんだ」

「坂木万次郎が怪我をしたのは気の毒なことだった」

「うむ」

「倅《せがれ》から聞いたのだが、万次郎の代わりを伊織にしたというのはほんとうか」

「何かと思えばそんなことか」

「わしは心配をしておるのだ。江戸中の道場から集まった者たちの前で一人も勝ち抜けられなければ、初音道場の名に傷が付くぞ」

遠慮がないのは、爪を隠していた伊織のことを、どの道場の代表者よりも弱いと見ているからだ。

十太夫は笑って返す。

「確かに、酒がまずい話だ。しかし、勝ち負けは時の運と言うであろう。一人も勝ち抜けぬと決めるのは、無礼千万だぞ」

秋三郎は焦ったような顔をした。

「わしは決して、伊織に見込みがないと思うておるのではないぞ。まだ早いと言いたいのだ」

「此度は良い折だと思うている。倅には経験が必要だ」

「友として言うておるのに、どうしても曲げぬか」

「うむ。倅を出す」

秋三郎は、眉間に寄せた皺を一層深くして舌打ちまでしたが、ふっと笑みを浮かべる。

「さすがは大道場のあるじだ。余裕だな」

「そうでもないさ。恥をかかぬように、毎日仕込んでおる」

秋三郎は目を細める。

「筋は良いのか」

「わしの倅ゆえな。凜太郎、楽しみにしておれ」

十太夫は不敵に笑って見せた。

　凜太郎は愉快そうに白い歯を見せる。

「では、試合当日を楽しみに、わたしも稽古に励みます」

「今の凜太郎ならば、必ず御前試合を狙える。わしも楽しみにしておるぞ」

「ご期待を裏切らぬよう、精進いたします」

「今日はたっぷり飲め」

　十太夫がすすめるまま酌を受けた凜太郎は、いい飲みっぷりでほろ酔いとなり、会話を弾ませた。

　帰る段になり、十太夫が町駕籠を雇おうとしたのだが、親子は断った。

「どうも、駕籠は窮屈でいかん」

　背丈が鴨居よりも高い親子が嫌うのはもっともだと思う十太夫は、凜太郎のがっしりとした肩をつかみ、満足そうにうなずく。

「良い身体をしておるな。伊織に分けてやってくれ」

「いえいえ」

　謙遜する凜太郎は頭を下げた。

　門の外まで出た十太夫は、あたりに曲者が潜んでおらぬか警戒し、親子に向いた。

「怪しい者はおらぬようじゃ」

秋三郎は驚き、夜道に目を走らせた。

「まだ見張られておるのか」

「門弟が来ぬようになってからはおらぬが、念のためよ。帰りはくれぐれも気を付けてくれ」

「心得た」

帰る父に続く前に、凜太郎が頭を下げて言う。

「では、また来ます」

「うむ。試合が終われば、またゆっくり飲もう」

「是非」

ちょうちんの明かりが見えなくなるまで親子を見送った十太夫は、門を閉めた。


親子は、若狭小浜藩酒井家下屋敷の漆喰壁を左に見つつ夜道を歩み、突き当たりを左に曲がって牛込矢来下通りに入った。

辻番屋の明かりが届かぬところまで遠ざかると、酒井家下屋敷と御先手組同心の組屋敷が軒を並べる通りは急に寂しくなる。

暗い夜道だけに、町の者なら家路を急ぐだろうが、剣の達人である秋三郎と凛太郎は、ほろ酔いも手伝い談笑して歩いている。

坂をくだり、秋三郎が道場を構える牛込天神町がすぐそことという場所まで帰った時、談笑を続ける親子が通り過ぎた路地の入り口から、黒い人影が闇に染み出るように現れた。

曲者の気配に気づかぬ春名親子ではない。

いち早く振り向いた秋三郎が鯉口を切る。

「何者だ」

凛太郎が続く。

「名乗れ」

「お待ちを、怪しい者では……」

怯えた声に、秋三郎と凛太郎が警戒を解いたその時、背後で殺気が湧いた。

凛太郎が応じて振り向こうとするより先に後ろ頭を打たれ、刀を抜く間もなく昏倒してしまった。

「凜太郎！」

息子の身を心配する秋三郎はうろたえてしまい、曲者に対応するのが一瞬遅れた。

その隙を逃さぬ曲者が打ち下ろした木刀が、秋三郎の首に鈍い音を立てる。

「うっ」

刀を抜こうとしていた秋三郎の両膝が落ち、横向きに倒れた。

一瞬の出来事に目を見張っているのは、路地から出てきた町の男だ。

曲者は、その男の足下に巾着を投げた。

「ゆけ」

「へ、へい」

巾着を拾った町の男が逃げ去ると、凜太郎の横に立った曲者が木刀を振り上げ、無言の気合をかけて打ち下ろした。

春秋館の門人が初音道場に駆け込んだのは、翌朝だ。

「先生と若先生が、曲者に……」

泣きながら訴える門人の話を聞いて、十太夫は拳で床を打った。

「おのれ、不意打ちとは卑怯な。怪我の程度はどうなのだ」

「先生は木刀で首を打たれたせいで、起きることができませぬ」

「何！　手足が利かぬのか」

「いえ、幸い動きますが、首の痛みが激しく、治るのに時がかかるだろうと医者が申しました。ただ、若先生が」

「どうした」

「右腕の骨が折れており、昌福寺の試合に出られません」

「なんたることだ！」

十太夫の大声を聞いた一京が、道場から出てきた。

「先生、何かあったのですか」

駆け付ける一京に、十太夫は聞いたままを教えた。

「わしはこれから見舞いに行く」

「わたしもお供します」

「よい。もはやわしを襲う者はおるまい。伊織を頼むぞ」

十太夫はそう言って、知らせに来た門人と道場を出ると、町駕籠を雇った。


一京から話を聞いた伊織は、怪我よりもこころのほうが心配だった。凜太郎は人一倍勝ち気で、特に剣術に関しては、負けることが何よりも嫌いだからだ。

「不意打ちで怪我をさせられたとなると、怒りで身を震わせているのではないでしょうか。骨が折れているのに、襲った者を捜しに出ていなければいいのですが」

一京は表情を険しくする。

「若、人の心配をしている場合ではありませぬぞ」

「どうしてです？」

「万次郎と凜太郎は、昌福寺の試合に出る道場の代表でした。偶然とは思えませぬ」

「確かに……」

言われてみればそのとおりだ。

一京が告げる。

「やった者が誰か分かるまで、外に出ないほうがよろしいでしょう」

伊織は慌てた。

「それはできません」

「風邪の見舞いに来てくださったお方にお礼をなさりたいのでしょうが、今はお控えくださいい」

伊織は驚いた。

「どうしてそのことを……」

薄い笑みを浮かべた一京の様子に、伊織は気づいた。

「佐江から聞いたのですか」

「先生には伝えぬよう、口止めをしておきました」

胸をなで下ろした伊織は、このままだとほんとうに外出を止められそうな気がして、一京に持ちかけた。

「襲ったのが何者なのか、二人で突き止めませんか」

一京は眉間に皺を寄せ、探る目を向ける。

「まさか、夜回りをしようと言うのではありますまいな」

「そのまさかです」

「先生がお許しになりませぬ」

「黙ってやるのです」

一京は首を横に振る。

「若は、今が正念場だと分かっておられますか。雑念を捨てて稽古に集中しなさい。さもないと、わたしから先生にお願いして、外出を禁じていただきます」

伊織はため息を吐いた。

「そう言うだろうと思っていました」

「分かればよろしい。では、稽古に戻りましょう」

従って道場に入った伊織は、広い道場で二人だけの立ち合い稽古をはじめた。

先日一本取れたのが嘘のように、今日の一京はまったく隙がなく、歯がたたない。

四半刻ほど休みなく鍛えられた伊織は、流れる汗を拭いながら問う。

「気になっていたのですが、先日は、わざと一本取らせてくれたのですか」

一京は愉快そうに笑った。

「まさか、若にとってなんの得にもならぬことはしませぬぞ」

伊織は、返す言葉もない。

木刀を下ろした一京が、見透かしたように言う。

「今日はこれまでといたしましょう。続けたところで、何ひとつ身に付きそうにない」

礼をして別れた伊織は、井戸端に行って汗を拭いた。

佐江が白湯を冷ましたのを持って来てくれた。湯呑みを取って喉の渇きを潤していると、

「伊織、道場に来い」

背後で声がしたので振り向くと、父が険しい顔をして立っていた。

「父上、お帰りなさい」

「急げ」

道場に入る父に従い着物の袖に手を通した伊織は、あとに続いた。

道場では、一京の横に一人の門人が座していた。宍戸《ししど》源六《げんろく》だ。

伊織は年上の門人に歩み寄り、座して頭を下げた。

「お久しぶりです」

「うむ。国許へ帰る運びになったゆえ、先生にお別れのあいさつにまいったが、思わぬ話を聞いて驚いておる」

宍戸はそう言うと、厳しい目を十太夫に向けた。

三人の前に座した十太夫は、苦々しく告げる。

「春秋館の門人が言うたとおり、春名親子は重傷だ。特に凜太郎は、気を失っている時に手首を狙って木刀を打ち下ろされたとみえて、骨が付いても剣を取れぬかもしれぬ」

一京が問う。

「春名先生と若先生は、襲った者の顔を見ていないのですか」

「路地から出てきた町人に気を取られている時に、背後から襲われたそうだ。秋三郎が言うには、町人も怪しく、襲ってきた相手は顔を布で隠していた」

「二人組となると、万次郎の時と同じですね」

一京にうなずく十太夫に、宍戸が問う。

「先生はどう思われますか」

宍戸は、父親が長州毛利家に仕える家柄。家禄は三十石と低いが、戦国時代に毛利家を支えた宍戸一族の末裔だと自称し、気位は高い。

そんな父親の影響を受けている宍戸は、万次郎を襲ったのは磯部と決めつけており、春名親子に怪我を負わせたのも、磯部のいやがらせだと訴えた。

一京は、黙って十太夫の答えを待っている。

十太夫はしばし考え、切り出した。

「腹も立とうが、ここは御上にまかせよう」

これを不服と思う宍戸が立ち上がったが、十太夫のひと睨みで声をあげず、すぐに座りなおした。

十太夫は、勝手に動くことを禁じ、こうも告げた。

「昌福寺の試合に出る者を狙った筋も捨てきれぬ。よって伊織は、外を歩く時は決して油断するな」

すると宍戸が笑った。

「先生、若を狙う者はいないかと存じます」

嘲笑まじりの声に、伊織は背中を丸めて下を向き、

「厳しいなぁ」

ため息まじりにこぼした。

四

番町の屋敷で倒幕派を探る指揮を執っていた琴乃の父親は、若き家老の芦田《あしだ》藤四郎《とうしろう》から報告を受けて耳を疑い、筆を止めて鋭い眼差しを上げて問い返す。

「わしが目を付けておった春名親子が襲われただと」

「はい」

「いつだ」

「昨夜です」

帯刀は、腹立たしげな顔をして考え、藤四郎に告げる。

「春名親子を襲わせたのは磯部に違いない。奴のやりかたでは、倒幕派をいきり立たせるだけだ」

「それが狙いではないかと」

　松哲に仕えていた父親の一哲《いってつ》も、一字を賜るほど信頼された切れ者だったが、息子の藤四郎もそれに劣らぬ。

　能力を疑わぬ帯刀は、藤四郎の考えを否定しない。

「磯部は、初音十太夫を挑発して蜂起させようという腹か」

「いえ、今は違う者へ目を向けておられるようです。御大老井伊様を襲おうとした輩の残党ら、潜んでおる者が動いたところを殲滅する腹でございましょう」

「一橋派の者と通じておるとはいえ、春名秋三郎は小者じゃ。怪我を負わせたところで、倒幕派がことを起こすとは思えぬ」

「これは、序の口ではないかと」

　帯刀は探る目を向ける。

「次は誰を狙うと申すのだ」

「初音道場の者を皮切りに、磯部殿が襲わせているのは昌福寺の試合に出ようとしていた者どもです。昌福寺の勝者を御前試合に出すのは、町道場に通う浪人の中から逸材を見つけ出すのが目的とうたわれておりますが、これを言い出したのは、夏《なつ》木《き》摂津守《せつつのかみ》殿」

帯刀は右の眉尻を上げた。

「夏木智綱《ともつな》は一橋派だ。磯部の狙いは、そこと申すか」

「いかにも。町道場の者が御前試合に出るのを阻止し、気が短い夏木殿が井伊様のお命を狙《ねろ》うて動くよう、仕向けているのではないでしょうか」

「そちは、井伊大老の襲撃をくわだてた者どもの背後に、智綱がおると思うておるのか」

「はい。磯部殿も、そう睨んでの行動ではないかと」

「智綱は切れ者じゃ。けしかけて藪蛇にならねばよいが、まあ、わしの知ったことではない。井伊様のお命を狙う者は他にもおる。我らは引き続き、一橋派と水戸に目を光らせるといたそう。抜かりなく動向を探れ」

「承知いたしました」

藤四郎が下がると、ふたたび筆を執った帯刀は、ふと、十太夫の顔が頭に浮かび、手を止めた。

「弟子と友を襲われても黙っておるとは、老いぼれたか」

「念のため、外出を禁じる。お前の口から伝えてくれ」

「承知いたしました」

話を廊下で聞いていた伊織は焦り、急いで部屋に戻ると、追うように一京が来た。

伊織は手を合わせて頼む。

「もう出かけていたことにしてください」

一京は苦笑いをした。

「聞いていたのですか」

「はい。出かける前に一言声をかけに行こうとしていた時に」

「そういうことですから、お控えください。お代はわたしが払いに行きます」

琴乃へのお礼の品は自分で手渡したいと思う伊織は、目を伏せた。

「困った……」

つい、ぼそりとこぼした伊織に、一京が探るような目を向ける。

「お見舞いに来てくださったお方に、そんなに会いたいのですか」

伊織は焦った。

「お礼をするのは、早いほうが良いと思うだけです」

妙な詮索をやめさせようとする伊織だったが、一京は引かない。

「お供します」

「大丈夫。先生の家は近いのだし、昼間に襲われたりはしないでしょう。すぐ戻りますから」

脇差を帯びた伊織は一人で出かけ、まずは神楽坂に向かった。

お礼の品を何にするか決めていた伊織は、小間物屋に行くと、中に入った。

店の存在は知っていたが、足を踏み入れるのは初めてだ。ほのかに香の匂いがする五坪ほどの小さな店には、扇、紙入れ、財布、組紐、櫛、簪など、色鮮やかな物から渋い色合いの品までが整理して並べられている。

簪と決めていた伊織は、品を探して奥に進み、店の男が座っている近くの台に並べられている物の中で、ぱっと目に付いたのを眺めた。

細かな花の銀細工が美しく、見ているうちに、熱を確かめるため額に手を当ててくれた琴乃の心配そうな顔が、目に浮かんだ。手の温もりも、はっきり覚えている。

「贈り物ですか」

店の男から声をかけられ、伊織は顔を向けた。

表の格子戸を閉め、路地を歩いていると、後ろから足音がした。

振り向いた伊織は、編笠を目深に被った侍が木刀を持っているのを見て、気が張った。

春名親子が木刀で襲われたのが脳裏をかすめたからだ。

四谷の一件はどうだったのか知らぬが、伊織は立ち止まり、油断せず侍を見た。

編笠のせいで、顎の線しかうかがえない。

近づいて来た侍は、軽く頭を下げて通り過ぎてゆく。

伊織が足を止めたまま見ていると、侍は路地の角を左に曲がっていった。

思いすごしに伊織は安堵しつつも、決して油断をしない。

足を進め、侍が曲がった角の前で止まり、板塀から顔をのぞかせた。と、その刹那、こちらに向いていた侍が無言の気合をかけ、大上段に構えた木刀を振り下ろした。

咄嗟に顔を引いた伊織の眼前で、木刀が空を切る。

細い路地を出た侍は、首に垂らしていた布で顔を隠していた。板塀に背中を付けて目を見張っている伊織めがけて、木刀を突き出す。

胸を狙われたものの、伊織は横に足を運んでかわした。

侍は、板を突き破った木刀を抜いて振り向き、伊織の頭をめがけて打ち下ろす。

伊織は飛びすさってかわし、相手から目を離すことなく狭い路地を下がった。

迫る侍は、突くと見せかけて横に振る。

切っ先が手首をかすめた伊織は、顔色を変えることなく、ふたたび突き出された木刀を飛びすさってかわしてみせた。

苛立ちの声をあげた侍は木刀を振り上げ、裂帛の気合をかけて迫ると、幹竹割《からたけわ》りで頭を狙ってきた。

脇差を鞘ごと帯から抜いた伊織は、頭上に迫る木刀を打ち払い、一歩踏み込む。

「えい！」

鞘の鐺《こじり》で相手の胸を突いた。

呻いた相手は下がり、またも苛立ちの声を吐いて木刀を振り上げる。

その僅かな隙を、伊織は逃さなかった。

「やあ！」

気合をかけて相手の間合いに飛び込み、今度は腹の急所を突いた。

もろに食らった侍は息ができなくなったとみえて、腹を押さえて倒れ、身体を丸めて苦しんだ。

転がっている木刀をつかんで投げた伊織は、気を失いかけている侍を仰向けにさせ、覆面を剝ぎ取った。

覚えのある顔に目を見開く。四谷の町道場の主宰、甲良舟才《こうらしゅうさい》だったからだ。

「甲良先生、どういうことですか」

「ま、待て、違うんだ」

「何が違うのです。万次郎さんや春名先生親子を襲ったのはあなたでしょう」

「あれはわたしではない」

「あれはとは、どういう意味です」

「道場の代表者が次々襲われているのを知って、一人でも減ればいいと思って模倣した。昨日のは確かにわたしだが、剣術を教えてやった恩を忘れて、金まで盗んで商売敵の道場に移ったから、思い知らせてやったのだ」

起きようとした甲良は、腹の痛みに顔をしかめて身体を丸めた。

そんなに強く突いた覚えがない伊織は、何かする気だと警戒したが、あまりに苦しむので不安になってきた。

「先生、大丈夫ですか」

背中をさすってやると、痛みがようやく治まったらしく、甲良は起き上がって座り、伊織に向かって両手をついた。

「すまなかった」

「正直に話してください。どうしてわたしを襲ったのです」

甲良は両手をついたまま答える。

「どうしても御前試合に出たいと思い詰めて、昌福寺の試合に出る者を一人でも減らしたかったのだ。悪いことをした。許してくれ」

伊織は立ち上がった。襲ってきた甲良の気迫が凄《すさ》まじかったため、にわかには信じられない。

「見え透いた嘘はやめてください。自身番に行きましょう」

甲良は下がり、平身低頭した。

「頼む。見逃してくれ」

額を地べたにこすりつけて、許すまで梃子《てこ》でも動きそうにない。

困った伊織は問うた。

「卑劣な手を使ってまで、御前試合に出たいのですか」

「出たい。出なければならんのだ」

「そのわけはなんです」

顔を上げた甲良は、辛そうに言う。

「ご存じのとおり、わたしの道場は門人が減り、今日食べる米も買えない。そんな時に、妻が病に倒れてしまったのだ。これまで支えてくれた恩返しに、なんとしても御前試合に出て名を上げ、門人を増やしたいと思う一心で、馬鹿なことをした」

後悔している様子の甲良に、伊織は遠慮しない。

「こんなことをして御前試合に出て、選《え》りすぐりの旗本を相手に勝てるでしょうか。恥をかかぬためにも、正々堂々と、昌福寺の試合で勝ち残って臨むべきです」

「妻の薬ほしさに、魔が差してしまった。申しわけない」

頭を下げる甲良に、伊織は言う。

「今の言葉を信じてよいのですか。万次郎さんと春名先生親子を襲ったのは、甲良先生ではないのですね」

「天に誓って、わたしではない」

目を見た伊織は、嘘を言っているようには思えなかった。

「分かりました。信じましょう。もういいですからお帰りください」

甲良は素直に帰るのかと思いきや、去ろうとした伊織の袴をつかみ、すがるような顔で見上げてきた。

「甘えついでに、金を貸していただけませんか。病の妻に、米を食わせてやりたいのです」

気の毒に思う伊織は、甲良を立たせ、懐から出した巾着袋を渡した。

「少ししか入っておりませぬが、お使いください」

「ありがたい」

受け取って頭を下げた甲良は、足早に立ち去った。

後味が悪い出来事に、伊織はため息を吐いた。

御前試合を目指す理由は人それぞれ。剣士としての名を上げるために臨む者がいれば、家族の幸せを願う者もいる。伊織は、道場を立てなおすために、兄智将を呼び戻すきっかけにしようとしている。

御前試合で勝ち残れなくとも、出る資格を得るだけで良いと思っていたのだが、甲良のように、勝ち残るために手段を選ばぬ者もいるのだと考えると、気を引き締めずにはいられない。

戻って稽古をするべく、伊織は家路を急いだ。

こっそり裏から入り、自分の部屋の障子を開けると、十太夫が腕組みをして待っていた。

「遅い」

愕然と目を見張る伊織に、十太夫は怒気を込めた目を向けた。

襲われたのを言えるはずもなく、

「先生と、つい長話をいたしました」

そう誤魔化した。

「ずいぶん気に入られておるようじゃな」

疑いを解かぬ十太夫の目つきに耐えられぬ伊織は、下を向いた。

「すぐに、稽古をはじめます」

佐江が洗ってくれた胴着を取りに行こうと父の横を歩いた時、腕をつかんで上げた十太夫が、伊織を振り向かせて厳しい目を向ける。

「この痣はなんだ。襲われたのか」

父の疑いを晴らすために、伊織は包み隠さず打ち明けた。

「あの甲良舟才が、そんなことを……」

十太夫は、困惑した様子だ。

伊織が付け加える。

「これにはわけがあるのです。御内儀が病気になられて、切羽詰まった様子でした。もう二度としないと……」

「付いて来い」

不自由な足で出かけようとする父に、伊織が追いすがる。

「父上、もう片が付いています」

「見舞いに行くだけだ」

「手ぶらでですか」

伊織の指摘に足を止めた十太夫は、自室に戻り、いくらかの金を紙に包んで懐に入れると、脇差のみで表に向かう。

「駕籠を雇ってきますから、お待ちください」

十太夫を戸口で待たせた伊織は、表の通りを走り、駕籠を呼び止めて道場に連れて戻った。

甲良舟才は、四谷御門外の堀が近い場所に道場を構えており、以前は元服前の武家の息子に手ほどきをして実入りも多かった。

だが、腰に帯びた刀を重そうにしている武家が増えた昨今では、道場にかかる月の手当てを惜しむというより、

「屋敷で家来を相手にする稽古で十分」

という親が増え、わざわざ息子を道場に通わせないのだ。それに加えて、住み込みだった師範代が金を盗んで逃げ、商売敵の道場に入ってからは、門人がさらに減っていた。

子供ばかりを相手にしていた甲良は、今ではたったの五人しか教えていない。

ひっそりとした門の前に降り立った十太夫は、門扉の前で立ち枯れている草を一瞥し、脇門を押した。

たまに通って来る子供のために開けられている脇門から入る十太夫に、伊織が慌

てる。

「父上、勝手に入って大丈夫ですか」

十太夫は返事もせず母屋に向かい、表で大声を張り上げて名を告げた。

急いで出てきた甲良が、戸口に立つ十太夫と伊織の前で平身低頭する。

「初音先生、どうか、哀れと思うてお許しくださいい」

十太夫は厳しく声を張り上げる。

「甲良舟才！」

「はは」

「貴様、まことに伊織に負けたのか」

「え？」

きょとんと顔を上げる甲良に、十太夫は繰り返す。

「伊織に負けたのかと訊いておる」

「父上、いったい何を……」

驚く伊織に、十太夫が振り向く。

「大事なことじゃ」

問う顔を向ける十太夫に、甲良は真顔でうなずく。

「負けました」

「手加減なしでか」

「伊織殿とは、二年前に一度、手合わせをしたことがございます」

「覚えておる。あの時は、伊織が相手にもならなかった。それなのに、何ゆえ卑怯なまねをした。昌福寺の試合に出る者を一人でも減らしたかったのか」

「それもありますが、伊織殿と、昌福寺の試合で当たりたくなかったのです」

「相手にもならなかった倅を、何ゆえ恐れる」

「それは、先生がご存じのはず。二年前は確かに勝ちましたが、あれは、伊織殿に勝つ気がなかったからです」

「おぬしはその時、倅の才を見抜いたと申すか」

「末恐ろしい若者だと、思いました」

「ほぉう」

満足した様子になった十太夫は、懐から出した包みを甲良の前に置いた。

「些少だが、見舞いだ」

甲良は慌てる。

「伊織殿を襲ったわたしに、このようなことをされては……」

「困った時はお互い様であろう。おぬしにではなく、内儀の薬代だ」

甲良は目に涙を浮かべ、包みを押しいただく。

「助かります。恩に着ます」

「着ずともよい。そのかわり、一連の襲撃事件の犯人にされる恐れがあるゆえ、二度とするな」

「はい」

「伊織、帰るぞ」

甲良に背を向ける十太夫を目で追った伊織は、甲良に頭を下げ、父に続く。

待たせていた駕籠に乗り道場に帰った十太夫は、

「今日は休め」

それだけ言うと、自分の部屋に入った。

そんな父親がどこか嬉しそうに見えた伊織は、そのこころが読めず、首をかしげながら部屋に戻った。

その頃甲良は、十太夫がくれた見舞い金を懐に入れて通りを走っていた。

「すまん、どいてくれ。通してくれ」

迷惑そうにする男や、慌てて端に寄る女たちに頭を下げながら狭い路地を走り抜け、町で評判の医者に駆け込んだ。

「先生、これで、妻を助けてくれ」

先日は金がないことで相手にしなかった医者が、小判を見てにたりとする。

「ご安心を、必ず助かりますぞ」

などと現金なことを言い、助手に薬箱を持たせて甲良家に急いだ。

六

よく晴れた日に、琴乃は美津と二人で、寛斎の家の前に来た。

「琴乃殿」

ふいにかけられた声に振り向くと、榊原勝正が笑みを浮かべて歩み寄ってきた。背後に従う供侍が頭を下げたが、粘着質な目線が、琴乃を萎縮させた。

勝正が寛斎の家を見上げた。

「足繁く通っておるようですが、薬学というのは、そんなにおもしろいのですか」

「奥が深いものですから」

「どのようなものか、興味があります。見学をさせていただこう」

琴乃の気持ちなど考えぬ具合で、勝正は格子戸を開けた。

遠慮のない勝正に、寛斎は不機嫌になったようだが、口にも態度にも出さず、琴乃にはいつものように接して、薬の処方箋を書くよう命じた。

黙って見ていた勝正が、寛斎に問う。

「寛斎殿、こちらへ通っておるのは、琴乃殿の他には何人おるのですか」

「弟子は一人のみじゃ」

「若い男がおると聞きましたが……」

勝正は一見すると穏やかな顔をしているが、目はまったく笑っていない。

琴乃が処方箋に集中している横で、寛斎は言う。

「患者が通うておるだけじゃ。わざわざ、それを確かめにまいられたか」

「いえ。野暮用でたまたま通りがかった時に琴乃殿を見かけたもので、ごあいさつに上がりました。では、まだ用がございますゆえ、これにて」

辞そうとして、勝正は思い出したように、寛斎に言う。

「季節柄、わたしの両親が風邪を引いてしまった時は、是非とも先生に薬をお頼みしたいのですが、よろしいですか」

「うむ。いつでも来なさい」

「良い医者がおりませぬので、助かります。では、また。琴乃殿、邪魔をした」

頭を下げた勝正は、帰っていった。

いったい何を考えているのか、琴乃に分かるはずもない。

黙って処方箋を書き終え、寛斎に差し出した。

「こちらでよろしいでしょうか」

引き取った寛斎が、よかろう、と言い、美津に茶を淹れるよう告げた。

応じた美津が部屋から出るのを目で追った寛斎は、琴乃の前に桐の箱を置いた。

「伊織から預かった。先日の礼じゃと言うておったぞ」

寛斎はなんでもなさそうにそう言った。

琴乃は手に取り蓋を開けた。つい口元が緩んだが、寛斎に悟られぬよう引き締め、

「いらぬ気を遣わせてしまいました」

努めて冷静に告げた琴乃だが、寛斎に見られて、つい、顔をうつむけた。

嬉しい気持ちと、祖父母になんて言えば良いか分からず、困惑の気持ちが半々だった。

「若いのは、良いのう」

ぼそりとこぼした寛斎は、

「家の者には、わしからもろうたことにするのじゃぞ」

こう告げて、処方箋を返した。

気持ちが楽になった琴乃は、寛斎に感謝して薬作りをはじめた。

七

日々寒さが増してゆき、昌福寺の試合が近づいてきた。

父の指導の下、一京から連日厳しく立ち合い稽古をつけられている伊織は、身体中を痣だらけにしており、今日の仕上げの立ち合いでは、正眼に構える木刀の切っ先が定まらぬほど、疲れ果てていた。

母のため、道場のために、なんとしても兄に良い結果を知らせたいと思うのだが、にわか仕込みで上達するはずもなく、一京から一本が取れない。

見守っている十太夫は、不機嫌な顔をしている。

木刀を構える一京もしかりだ。

「どうした。かかってこい！」

「はい」

肩で息をした伊織は、木刀をにぎる左手に力を込め、右手を柄に添えた。一拍の間を置き、一足飛びに間合いを詰める。

「えい！」

気合をかけて袈裟斬りに振り下ろした一撃を弾かれ、一京の木刀が胸を突く。

飛ばされて仰向けに倒れた目の前に、一京の切っ先がぴたりと止まる。

「甲良に勝てたのは、まぐれだったようだな」

父の厳しい声が遠のき、伊織は意識を失った。

その頃、稽古を終えた子供たちを送り出した甲良舟才は、妻のところへ戻るべく道場の中を歩いていた。

背後の戸口に人気《ひとけ》を感じて、子供が忘れ物でもしたのかと思い振り向く。するとそこには、黒塗りの編笠から袴まで全身黒ずくめで、目元まで布で隠した曲者が立っていた。

左手に木刀を持ち、まさに、己が伊織を襲った時と同じ出で立ち。

甲良はすぐに察する。

「道場の代表を襲うておるのは、貴様か」

曲者は物言わず、ゆっくり歩みを進める。

木刀をつかんだ甲良は、正眼に構えた。

曲者は切っ先を天井に向けて八双に構えると、猛然と迫る。

甲良も前に進み、両者同時に木刀を振るい、激しくぶつけ合う。

頭、胴、足を狙って次々と繰り出される曲者の剣は激しく鋭い。

甲良はそれらのすべてを見切って受け、あるいは空振りをさせ、相手が打ち込む前の一瞬の隙を逃さず木刀を振るう。

「えい！」

籠手《こて》を打たれた曲者は、右手を押さえて下がり、追い打ちをかける甲良が袈裟斬りに打ち下ろす一撃を右にかわして引く。

間合いを空けたところで、曲者は木刀を捨て、刀を抜いた。

「わたしに抜かせるとは、なかなかやりおる」

声に聞き覚えがない甲良は下がり、見所に置いている刀を取ろうとしたのだが、曲者が迫る。

伸ばした手をめがけて斬り下ろされる真剣を引いてかわした甲良は、横に一閃されて眼前に迫る切っ先から、横転して逃れた。

刀をつかんだ甲良は、斬り下ろされる一撃を抜いて受け止め、押し返す。

間合いを空けた曲者が、刀をにぎっている右腕を横に広げ、切っ先を甲良の顔に向ける独特の構えを見せた。

甲良が正眼で応じると、曲者は猛然と迫る。

右手のみで、鋭く袈裟斬りに打ち下ろされたのを甲良が受け止めると、曲者は刀身を転じて斬り上げ、これも甲良は受け止める。この時甲良は、曲者の目が笑ったように見えた。

甲良の右肘に、左手で抜いた脇差を突き刺していたからだ。

手の感覚がなくなった甲良は、肘の痛みに歯を食いしばり、曲者を睨んだ。

曲者が脇差を抜いて離れようとしたところへ、甲良が左手のみで刀を振るう。これが、今できる反撃だった。

だが、斬ることは叶わず、切っ先が覆面を落としただけだ。

曲者は顔を見られるのを嫌い、編笠を下げて退き、用は終わったとばかりに走り去った。

「待て!」

甲良は叫んだのみで、肘の激痛に顔を歪めて膝をつき、歯を食いしばった。

道場で意識を取り戻した伊織は、父から何がいけなかったのか指導を受けていた。

「お前の悪い癖は、剣を構えておる時に頭で考えることだ。相手に隙を作らせようと思うな。気を感じろ。無心にならねば、身体は動かぬ」

「はい」

「良いのは返事のみじゃ。そこで座禅を組んでこころを鍛えろ」

伊織は、打たれて痛む足で座禅を組み、瞑目した。

背中の汗が冷え切り、武者窓から吹き込む風が身に沁みる。ふと、琴乃の顔が頭に浮かんだ。寒い中、今日も寛斎の家に通ったのだろうか。

いきなり、肩に激痛が走った。

呻いて振り向いて見れば、父が竹刀をにぎっていた。

「馬鹿者！　なぜよけぬか！」

今も修行だと告げて竹刀を振り下ろされ、伊織は横に転がってかわした。にたりとした十太夫が見所に上がり、座禅を組んだ。

伊織も父に倣い、座禅を組みなおして瞑目した。

何も頭に浮かべず、外から聞こえる音も、次第に気にならなくなった。

静かに時が流れ、道場には物音ひとつしない。

考えてみれば、親子でこうして過ごすのは初めてだ。

と、頭に浮かべた刹那、背後に殺気を感じて、横に転がった。

竹刀が床を打つ音がしたので見ると、父が鋭い目を向ける。

「無心になれと申したであろう」

近づいたのが分からなかった伊織は、寒気がした。

その時、道場の戸口で、先生、と大声をあげた者がいる。

親子が顔を向けていると、一京が駆け込んできた。

十太夫が問う。

「慌てていかがした」

肩で息をしている一京が、悔しそうに告げる。

「甲良舟才先生が襲われました。二度と刀を持てない身体になられたそうです」

「何！　今どこにおる」

「道場です」

十太夫はすぐ見舞いに行くと言うので、伊織も立ち上がった。

「お供します」

「うむ」

一京も続こうとしたが、十太夫が止める。

「どこに磯部の目があるか分からぬから、お前は残っておれ」

一京は、十太夫が言わんとしていることを呑み込み、素直に応じる。

「伊織、駕籠を呼べ」

「はい」

市谷《いちがや》の浄瑠璃《じょうるり》坂《ざか》をくだり、堀端の道を四谷に急いだ親子が甲良の道場を訪ねてみると、門は固く閉ざされ、脇門も開いていない。

裏に回って木戸越しに声をかけて名乗ると、ただいま、という内儀の返事があり、十太夫は安堵の息を吐いた。

戸を開けた内儀に笑顔はないが、肌の色艶は良く見える。

「御内儀、具合はいかがか」

案じる十太夫に、内儀は頭を下げた。

「おかげさまで良い薬を飲ませていただき、家事ができるようになりました」

「それは何より。舟才殿が怪我をされたと聞いてまいった」

「どうぞ、お入りください」

下がる内儀に頭を下げる父に続き、伊織も足を踏み入れる。

臥所で横になっていた甲良は、見舞いに来た十太夫と伊織に向き合って座り、寂しそうな笑みを浮かべた。

こころを入れ替え、堂々と勝ち抜いて御前試合に出ると意気込んでいたという。

父らの会話を黙って聞いていた伊織は、甲良が穏やかな様子なのが意外だった。

甲良は十太夫に言う。

「伊織殿を襲った、ばちが当たったのです」

「何を言う。まことに剣をにぎれぬのか」

甲良は浴衣の袖を上げて、晒を巻いている右腕を見せた。

「医者が言うには、肘を刺された時に、筋が切れたようです。肘から先の感覚がなく動きませんから、もうだめかと。されど今は、これで良かったと思うております。剣では食べていけなくなっておりましたから、踏ん切りがつきました」

「剣を捨てるのか」

甲良は微笑む。

「おかげさまで、妻の病が嘘のようによようなりましたから、道場を畳んで萩《はぎ》へ帰ろうと思います」

「おぬしは江戸の生まれではないか」

「妻の実家が、萩なのです」

十太夫は、内儀の顔を見る。

「それは初耳だ。以前に言うたかもしれぬが、わしの亡き妻は長州藩士の娘だ」

甲良は驚いた。

「存じませんでした。親御さんは、江戸の藩邸ですか」

「いや、父親は隠居を許されて萩に戻った。御内儀の親御は、萩のどこにおられる」

甲良の内儀が答える。

「御城下です」

「今もご存命か」

「母が一人で暮らしております」

甲良が続く。

「もう七十になりますが、小さなだんご屋をしておりますから、夫婦で手伝おうと決めました」

「そうか……」

十太夫は、剣の道で生きてきた甲良の心中を察して、それも良いだろうとは言わず、話題を変えた。

「ところで、襲うた相手の顔を見たのか」

甲良は渋い顔をする。

「聞いてどうされます」

「わしも弟子をやられたのだ。放ってはおけん。見たのなら教えてくれ。知った者か」

「顔は見ました。ですが、いかに初音先生でも、手出しできませぬ」

十太夫は眼光を鋭くした。

「磯部か」

「名は知りませぬ。ですが、月代《さかやき》をきっちり整えた身なりを見ますと、幕府の者ではないかと」

伊織は口を挟んだ。

「磯部がやらせたに決まっています。悪意を感じます」

十太夫が横を向く。

「言葉を慎め」

「伊織殿の言うとおりです」

甲良が険しい表情で続ける。

「磯部は以前から、町道場の者が御前試合に出るのを反対していると聞いたことがございます。此度は特に、広く募集をした試合のため、倒幕派の者が勝ち上がって将軍の御前に出るのを防ぐために、わたしのように幕府を良く思っていない者を潰しにかかっているのでしょう」

十太夫は、腕組みをしてうなずいた。

「それを言うなら、わしのところも同じだ。おぬしの読みどおりなら、試衛館が早々と辞退したわけが、これではっきりした。倒幕派を疑われるのを恐れているか、雲行きが怪しい昌福寺の試合に、関わらないようにしているに違いない」

「試衛館については、おっしゃるとおりかと」

甲良が同調すると、十太夫が伊織に向く。

「我らも、辞退するぞ」

伊織は、悔しくて返事をしない。

十太夫が目を合わせる。

「不服か」

「はい。なんの罪もない者を闇討ちする磯部のやり方は、腹が立ちます」

「お前が腹を立ててもしょうがない。気持ちを高ぶらせるな」

「いいえ、これまで襲われた方々や、剣を捨てなければならなくなった甲良先生の無念を晴らすためにも、御前試合を目指します」

「大口をたたくな」

十太夫はそう言い、甲良も止める。

「気持ちはありがたい。ですが、お父上がおっしゃるとおりです。此度は、ご辞退されたほうが良い」

伊織は首を横に振る。

「辞退したのでは、相手の思う壺ではないですか。わたしは、まだまだ修行が足りませんから、磯部に目を付けられていないはずです」

「だと良いが……」

伊織は父に気持ちをぶつけた。

「剣志平等《けんしびょうどう》。剣の道を志す者は平等でなくてはならぬ。万次郎さんは、己の手で剣の道を開かれた父上のお言葉を胸に刻み、御前試合に希望を持って厳しい稽古をされていました。甲良先生がおっしゃったような理由で万次郎さんが襲われたのなら、気の毒でなりませぬ」

「まだ言うか」

「皆さんの無念を晴らすためとは、もう言いませぬ。わたしは、わたしのやり方で道場を守りたいのです。磯部の思惑に負けぬためにも、このとおり、試合に出させてください」

平身低頭して願う伊織の気持ちを知る十太夫は、渋い顔を向ける。

「磯部に目を付けられれば、命の保証はないぞ」

「覚悟のうえです」

十太夫は伊織の目を見て答えた。

「分かった」

これには甲良が慌てた。

「先生、本気ですか」

十太夫は笑う。

「倅はこう見えて、頑固者なのだ。伊織」

「はい」

「お前の覚悟が本物かどうか、明日からの稽古で見せてもらおう。口先だけならば、試合には出さぬ」

伊織は深くうなずいた。

「稽古に励み、必ず出ます」

すると、甲良が内儀に言う。

「聞いたか。わたしは昌福寺の試合を見とうなった。江戸を発つのは、試合が終わってからだ」

「では、それまでに傷を治しませせぬと」

内儀は、甲良に元気が出たのが嬉しいらしく、茶を淹れると告げて台所へ下がった。

この時伊織は、磯部を恐れていなかった。むしろ闘志が湧いていたのだ。

いっぽう、役目を終えて江戸に戻った磯部兵部は、家来の報告に満足していた。

「甲良舟才が消えたか。残る倒幕派で、勝ち上がれそうなのは誰がおる。深川《ふかがわ》の道場ぐらいか」

「我らの強敵になり得る者はほぼ潰したはずですが、夏木殿がどう出るか」

「奴は、表立っては動かぬ。だが、密かに新たな者を送り込んでくるやもしれぬ。倒幕派の道場の者が御前試合に出て名を上げれば、幕府を恨む者どもがその道場に集まるであろうからな」

「確かに、そうなれば厄介です」

「夏木だけではない。一橋派も仕込んでくる恐れがあるゆえ、油断せず目を光らせろ」

「承知いたしました」

家来が下がると、磯部は旅装束を解いてくつろぎ、明かりが灯された庭の灯籠を眺めつつ、余裕ありげな笑みを浮かべた。

第四章　勝負

一

「いよいよ明日だな」

一京から肩をたたかれた伊織は、表情を引き締めてうなずいた。

額から流れる汗を拭い、木刀を壁の刀掛けに置くと、長い息を吐く。

「伊織」

十太夫に呼ばれて、はいと答えて走り寄る。

見所で座している十太夫は、横に置いていた風呂敷包みを伊織の前に置いた。

「明日の試合ではこれを着ろ」

伊織は風呂敷を解いた。すると現れたのは、真新しい道着ではなく、藍が色落ちしている古いものだ。

伊織は見覚えがあった。

「これは、父上の道着」

「わしが御前試合に出る時、先代が譲ってくださったものだ」

祖父の顔を伊織は覚えていないが、父に勝る剣士だと聞いている。

着てみろと言われて、伊織は袖を通した。袴を穿くと、一京が上から下まで見て言う。

「立派な剣士に見えます」

伊織は嬉しくなり、父に頭を下げた。

「ありがとうございます」

「道着は所詮道具にすぎぬ。明日は死ぬ気でやれ」

「はい」

「今日はよう眠れ。下がって良いぞ」

伊織は両手をついて頭を下げ、道場をあとにした。

見送った一京が、十太夫に近づく。

「先生は、どう見ておられるのですか」

十太夫は腕組みをする。

「明日のことゆえ、今はこれ以上教えることはない。基本はたたき込んだ。あとは、伊織が生まれ持ったものをどこまで引き出せるかだ」

「では、まだ目ざめておらぬということですか」

十太夫は一京を見て、含みのある笑みを浮かべる。

「あれはこころが優しすぎる。ここでぬくぬくとしておったのでは、殻を破るのは難しいだろうな」

一京は探るような顔をする。

「何をお考えですか」

「明日の試合に勝てなければ、修行の旅に出す」

一京は驚いた。

「若に話されたのですか」

「いいや。言えば、こころが張り詰めて動けぬようになるであろうから、お前も黙っておれ」

「承知しました」

「いずれにしても、明日は伊織のこれからを決める大事な日だ。皆、死に物狂いで戦ってくるゆえ、あれにとっては、生まれて初めての試練になろう」

「まさに」

一京は、父親としてではなく、剣の師として伊織に向き合う十太夫の覚悟を見た気がして、自分のことのように身が引き締まる思いだと告げた。

翌朝早く目をさました伊織は、意外にも眠れたことに安堵し、身支度を終えて仏間に入った。

母の前で手を合わせ、剣の道に進んだことを詫びた。

「今日の試合に勝ち残り、御前試合に出ることが決まれば、わたしの名は日ノ本中の剣士に伝わるのです」

仏前で述べた伊織の目に、母が息を引き取った時のことが浮かんだ。

どこかにいる兄智将に、一日も早く母の死を知らせるためにも、今日の試合には負けられぬと、己に言い聞かせた。

「伊織様、朝餉をどうぞ」

応じて居間に入った伊織は、佐江を見て不思議に思う。

「佐江、どうして襷と鉢巻きをしているのだ」

先に来ていた十太夫に給仕をしていた佐江が、力強く返す。

「今日が試合だからに決まっているでしょう。気合を入れて作りましたから、たんと食べて、力を付けてください」

出汁巻き玉子に、鯛の煮付けが並んでいる膳を見て、伊織は驚いた。

「朝から凄いや」

「はい、これはすっぽんの汁ですよ」

吸い物を置く佐江に、十太夫が飯を食べながら笑った。

何がおかしいのかという目で佐江が見たものだから、十太夫は真面目な顔をして伊織に向く。

「残さず食べて、しっかり精を付けろ」

飯をてんこ盛りにされた茶碗を受け取った伊織は、腹が減っていたためもりもりと食べ、手を合わせる。

「ごちそうさま。では、父上、一足先にまいります」

「うむ、しっかりやれ」

言葉少なの十太夫だが、道着に込められた思いを受け取っている。

伊織は頭を下げ、道場に出た。

待っていた一京や万次郎たちが、

「行くぞ！」

気合を込めて声をかけ、伊織に続く。

空は朝から快晴だ。湯島の昌福寺に近づくにつれて、伊織は兄弟子たちの冗談にも笑えなくなってきた。

そんな伊織の肩を、万次郎がつかむ。

「肩の力を抜いて。今から気を張っていては、疲れるだけですぞ」

「でも見てください」

伊織は、前を歩いている集団を指差す。

「襷がけをしているあの人を見ると、手に汗が出てきました」

周りを囲む者たちの頭が肩までにしか届かぬ大男は、豪快な笑い声を響かせている。

万次郎が鼻で笑う。

「あんなのは、でかいだけで動きが遅いですよ。隙だらけです」

ひとつ深い息をした伊織は、木刀をにぎる手の力を抜いてうなずいた。

会場へ入ると、立身出世を狙う者たちの熱気に満ち、ぴりぴりした空気に包まれている。

一京が言う。

「わたしたちはここまでです。若、稽古のとおりに動けば、必ず勝ち残れますぞ」

「はい」

万次郎が拳を胸に当ててきた。

「おれの代わりだと思わないでください。若はお強い」

気持ちを引き締めた伊織は、うなずいた。

「代表者はこちらに集まれ」

伊織は一京たちに頭を下げ、本堂の前に向かった。

横二列に並べと言われて従うと、掛けられていた幕が下ろされ、あらかじめ決められていた対戦相手が披露された。

熱気のわりに、試合に出る人数は少ない。

係りの者が告げる。

「直前に辞退の申し出が相次ぎ、今年は大幅に人数が減りました。これを吉と思い、励んでください」

三人勝ち上がれば、御前試合に出られる。

集まった者たちから、喜びの声があがった。

伊織は、初戦の相手が大男でありませんようにと胸の中で願い、順番を待つために分かれ、自分の名前の立て札のところに行って筵《むしろ》に正座した。

参加する道場の名前だけは知っているが、代表者は誰も初めて見る顔だ。例の大男の名と対戦相手を確かめると、決勝まで当たらない組にいる。

ひとまず安堵した伊織は、初戦の相手を捜した。

深川の一刀流道場の代表者で、名は佐倉一刀斎《さくらいっとうさい》。

名前はいかにも強そうだが、座っている男は背が低くて細く、歳は三十を過ぎているだろう。佐倉は、どこかおどおどした様子で周囲を見ていたが、対戦相手である伊織に目を留めると、会釈をしてきた。

その時の表情が安堵したように見えた伊織は、身体が細い自分に勝てると思ったのだと察して、目を閉じた。

お前の立ち姿は、見た目で相手に余裕を与える。

と、これは父から刷り込まれている言葉だ。

無理をして食べても身体に肉が付かぬのだから、仕方ないことだ。

などと、つまらぬことを考えているうちに、試合がはじまった。

野太い気合に目を開けると、例の大男が木刀を正眼から大上段に転じ、打ち込んだところだ。

相手は受けたものの、体当たりで弾き飛ばされ、転ぶまいと足を運んだのだが踏ん張ることができず、観客たちの中に背中から転がった。

やはり違う組で良かったと安堵した伊織は、改めて名を確かめた。

「巌流《がんりゅう》、佐々木《ささき》大次郎《だいじろう》」

かの有名な剣士、宮本武蔵《みやもとむさし》と巌流島で戦った佐々木小次郎《こじろう》の縁者か、と思わず声に出すと、隣の男が鼻で笑った。

「ふざけておると思わぬか」

どう返事をしていいか分からず、唇に笑みを浮かべていると、男が見てきた。

「縁者かは知らぬが、本名だそうだ。奴はああ見えて素早いぞ」

見ていろと言われて視線を戻すと、佐々木大次郎は相手が構えるまで待ち、木刀を脇構えに転じた。

相手は気圧された顔つきになっているが、大次郎がぴくりと動くと釣られ、打ち込む。

勝負は一瞬で終わった。

脇構えから木刀を弾き上げた大次郎が、鋭く一閃して腕を打ち、飛ばされた相手に迫って木刀を振り上げた時、

「まいった！」

と、降参したのだ。

初戦に勝利した大次郎が雄叫びをあげ、会場がどよめく。

次は、伊織の番だった。

一度目を閉じた伊織は、負けるわけにはいかぬと己を奮い立たせ、木刀をつかんだ。

相手と礼をして中央に進み、互いに木刀を正眼に構えて切っ先を交差させた。

「はじめ！」

審判の声にいち早く動いた佐倉が、猛然と打ち込んでくる。

気合をかけて打ち下ろされる木刀を、伊織は飛びすさってかわす。

迫る佐倉は気合をかけ、鋭く突く。

木刀で弾いてかわした伊織は、体当たりをかわすべく右に足を運ぶ。勢い余った佐倉の背中が目に入った。

伊織はこれを隙と見て木刀を振るう。

だが、佐倉は振り向きざまに木刀を打ち払い、伊織の胸を狙って突く。

誰もが、伊織の負けだと思ったであろう。

だが、伊織は無意識に身体が動き、木刀は道着をかすめただけだった。

「うっ」

短い声を発したのは佐倉だ。

伊織の木刀が喉に当てられている。

これが真剣ならば、命はない。

「それまで！」

審判の一声で勝敗が決まった。

会場にどよめきは起きない。なぜなら、伊織が逃げ腰だったため、勇み足だった佐倉のほうから、木刀に当たって行ったように見えたからだ。

悔しがる佐倉に、失笑する者さえいる。

伊織は喜ぶでもなく、真顔で中央に戻り、納得がいかぬ顔つきの佐倉と向き合って一礼し、自分の場所に戻って正座した。

木刀を左に置くと、隣の男が立ち上がった。

「わしが勝てば、次はおぬしが相手だ」

薄笑いさえ浮かべている男は、自信満々で試合に臨んだのだが、相手とは互角だった。

勝敗がなかなか決まらず、激しく打ち合った末に辛勝したのだが、己も腕を痛めてしまい、伊織との試合に出られる状態ではなくなった。

「おぬし、運が良いな」

腕の痛みに顔をしかめながらそう言われて、伊織は複雑な心境になった。

男は悔しそうにしながらも、これも実力だと言い、帰っていった。

あと一人に勝てば、御前試合に行ける。

突然目の前が広がったかに思えた伊織だったが、佐々木大次郎がいる。

その大次郎の次の相手を決める試合が、目の前ではじまろうとしている。

互いに礼をして中央に進み、木刀を正眼に構えて交差させた。

「はじめ」

「やあ！」

気合をかけたのは、二十代と思われる剣士。

目を大きく見開き、切っ先を小刻みに上下させる動きは、機敏そうだ。

対するのは三十代の男で、眼光鋭く、正眼に構える切っ先は微動だにしない。

その者が発するぴりっとした空気が、伊織にも伝わってきた。

先に仕掛けたのは、二十代の男だ。

一足飛びに間合いを詰め、頭を狙って打ち下ろす。

それはまさに、鉄面と胴具を着けて竹刀を打つ戦い方で、真剣を木刀に持ち替えて戦う伊織たちの技とは違って、動きが軽い。

三十代の相手は、打ち下ろされた木刀を軽そうに受け止め、擦り流す。

勢い余ってつんのめった二十代の男が振り向き、ふたたび気合をかけて頭を打ちにゆく。

あしらうように、右手のみで木刀を払った三十代の男は、一旦下がり、一足飛びに打ち込んできた二十代の男の攻撃をかわしざまに、木刀を振るって脛を打った。

呻いた二十代の男が転んだところへ追い打ちをかけ、

「むん!」

気合をかけて、大上段から腹に打ち下ろした。

「勝負あり!」

審判の声に応じて、腹に当たる寸前で木刀がぴたりと止められた。

二十代の男は、恐怖に満ちた顔をしている。

「つまらん」

三十代の男はそう吐き捨てると、中央に戻り、相手を待つ。

敗者が肩を落として頭を下げるのを蔑んだ目つきで見ていた三十代の男は、審判に告げる。

「次は止めるな。ここには雑魚しかおらぬゆえ、殺しはせぬ」

審判は目を泳がせたが、応じず下がれと言うと、男は鼻で笑い、自分の座に戻った。

二

十太夫が来たのは、一回戦が終わった時だ。

どうだと訊かれた一京が伊織の戦いぶりを伝え、二回戦は不戦勝になったと告げる。

「若は、次が決勝です」

一京が、これも伊織の運だと楽観すると、十太夫は対戦表を見て渋い顔をした。

「どういうことだ。出場者は当初二十五人いたはずだというのに、たったの八人しか出ておらぬではないか」

「直前の辞退があったそうです」

出場している道場の名を確かめた十太夫は、どれも一橋派の者が通う道場と知り、眉間に皺を寄せる。

「佐幕派が、ことごとく出ておらぬ。一京、この試合、何かあるぞ」

十太夫が案じる声を発した時、甲良が人をかき分けて来た。

「先生」

「おお、甲良先生、見ろ、佐幕派の道場がひとつも出ておらぬ」

「お耳に入れたいことがあります」

甲良は耳目を気にして近づき、十太夫にだけ聞こえるように言う。

「わたしを襲った者が、試合に出ております」

十太夫は鋭い目を向ける。

「残っているのか」

「はい。大男と向き合って座しておる奴です」

十太夫は正座している男に目を向け、名札を睨む。

「鬼頭仁《きとうじん》という名前はおそらく偽名だろうな」

十太夫は客席を見た。

集まっているのは試合に出る道場の門人たちの他に、町の者たちもいる。

毎年行われる昌福寺の試合を楽しみに待っている武芸好きが、見物に来ているのだ。

客席を見ていた十太夫は、一京を手招きした。応じて近づく一京に問う。

「ここに磯部は来ておるか」

「いえ、見ておりません」

「甲良先生を襲ったのは、鬼頭仁だそうだ。磯部がどこかにおるぞ」

驚いた一京があたりを見回す。

「捜します」

「いや、よい」

十太夫は一京と甲良を座らせ、道場主のために用意されている床几に腰かけた。

戸が開けられている本堂の中は、暗くて見えない。そこを睨んだ十太夫が言う。

「鬼頭はおそらく、わしらのような町道場の者が御前試合に出るのを阻むために動いておる」

甲良が言う。

「鬼頭は手段を選ばぬはず。伊織殿を辞退させたほうがよろしいですぞ」

「おもしろいではないか」

「はあ?」

驚く甲良に、十太夫は薄笑いを浮かべる。

「先生とわしの前で大口をたたいた伊織がどこまでやるか、見てやろう」

一京が口を挟む。

「先生、本気でおっしゃっているのですか。もしも鬼頭が磯部の手先なら、何をするか分かりません」

「何をそう慌てておる。伊織に才があると言うたのはお前だぞ」

「しかし……」

「お前の見込みどおりか否か見極めるのに、またとない機会であろう。大人しく座っておれ」

腰を浮かせていた一京は、十太夫に従い座りなおした。

話を聞いていた門人たちが、心配そうに十太夫を見ている。

落ち着きはらっている十太夫は、同じく不安そうな顔をしている甲良にうなずいて見せ、前を向いた。

十太夫たちから離れた場所には、物見遊山の町人たちが集まっている。

今年は地味だとか、士学館《しがくかん》をはじめとする江戸三大道場の者が出ていないのがつまらぬといった声がある中に紛れて立っているのは、榊原勝正だ。

倒幕派、佐幕派などと、世情にまったく関心がないこの若殿の頭にあるのは、琴乃をたぶらかす伊織を知ることのみ。

調べさせている側近の者から、伊織が神楽坂で簪を求めて寛斎宅を訪ね、帰る時には持っていなかったと聞いた勝正は、その伊織が昌福寺の試合に出ると聞いてわざわざ足を運び、実力を見ようとしているのだ。

たった今来たばかりの勝正は、伊織が勝ち残っていると知り、横にいる側近の水《みず》谷《や》正信《まさのぶ》に言う。

「なかなかやるようだ」

水谷は真顔でうなずき、伊織に目を向けた。

次の試合がはじまるというので町人たちが立ち上がり、その熱狂ぶりに、勝正と水谷は身動きさえできなくなった。

注目する伊織の前で、一礼して中央に進んだ佐々木大次郎と鬼頭仁は、ゆっくりと木刀を交差させる。

審判が声を張る。

「はじめ!」

「おお!」

気合をかけた大次郎が、小柄な鬼頭を侮ってかかる。

大上段から打ち下ろされた木刀の太刀筋を見切った鬼頭は、最小限の動きで紙一重にかわして見せ、木刀を鋭く振るって大次郎の頭を打った。

血しぶきが飛び、大次郎は棒が倒れるように突っ伏すと、ぴくりとも動かなくなった。

一瞬の出来事に、会場が静まり返る。

止める間がなかった審判は声を失っていたが、弾かれたように振り向く。

「先生！　怪我人です！」

控えていた医者は、呼ばれる前に動いていた。

大次郎に駆け寄って頭の傷を診ると、安堵の息を吐いて告げる。

「大丈夫。気を失っているだけだ」

会場から安堵の声が漏れる中、鬼頭は下がり、伊織に鋭い目を向けてきた。

殺気を感じた伊織は、挑発には乗らず目を伏せた。

それを逃げ腰と取り、鼻で笑った鬼頭は、己の場所に戻って正座し、目を閉じた。

大次郎が意識を取り戻したのは、程なくだ。

起き上がって頭を押さえ、医者の言葉に首を横に振っている。そして、悔しそうな声を吐き捨て、自分のところに戻ってあぐらをかいた。

審判が鬼頭のところに行き、頭を打たぬよう注意した。

鬼頭は軽く頭を下げたものの、唇には相手を侮る薄笑いを浮かべている。

審判は不服そうだが、休むかと声をかけた。

「いらぬ。早く終わらせたい」

不愛想な鬼頭に応じた審判は、伊織に顔を向けた。

本堂の中では、覆面を着けた夏木摂津守智綱が座していた。

町道場の浪人者を御前試合に出すのは、十太夫が帯刀を打ち負かして頂点に立って以来長年見送られていたのだが、この夏木が復活させていた。

ペリーが来航して起きた混乱と、刀を重そうにする旗本ではアメリカに対抗できぬという憂いから、逸材を見つけるための試みだ。

熱い眼差しで試合を見守っていた夏木は、手元にある出場者の名簿に視線を落とした。

外から入ってきた係りの者が、頭を下げて近づく。

「鬼頭は悪意を持って相手の頭を打っております。失格にしますか」

「いや、続けさせろ」

係りの者は意外そうな顔をしたものの、頭を下げる。

「承知しました」

「伊織という若者の、真の力を見たい。わしが申すとおりに、審判に伝えよ」

手招きした夏木は、耳を近づける係りの者に小声で告げた。

応じた係りの者が、頭を下げて出てゆく。


本堂に向いて指示を待っていた審判は、出てきた係りの者が耳元で告げた内容に困惑した顔をしたが、うなずいてきびすを返した。

「ではこれより、決勝戦をはじめる。双方出られい」

見物している町の者たちから歓声があがる中、伊織は木刀をつかんで立ち上がった。

一京たちがいる場所に顔を向けると、父が床几に腰かけているのに気づき、軽く頭を下げる。

十太夫は険しい表情で応じ、腕組みをした。横で不安そうな顔をしている甲良に一京が声をかけようとしたが、十太夫が止めた。

伊織は、一京がいったい何を言おうとしたのか気になったが、審判に呼ばれ、中央に進む。

二人で並び、本堂に向かって礼をするよう審判に言われ、伊織は従った。

横に来た鬼頭が、礼をしながら言う。

「御前試合に出られると思うな」

伊織は挑発に乗らず、審判の指示に従って分かれ、向き合って礼をすると、前に出て正眼に構える。

鬼頭は、悪意に満ちた眼差しで伊織を見つめ、ゆっくりと木刀を交差させた。

「はじめ!」

審判が声を張った刹那、鬼頭が頭をめがけて打ち込んでくる。

伊織は咄嗟に木刀で防いだが、体当たりを食らって飛ばされた。

転ぶまいと踏ん張ったところへ迫った鬼頭が、気合をかけて木刀を突き出す。

喉へ迫る切っ先を、伊織は横に逃げてかわした。と、その時、肩を打たれた。

喉を突くと見せかけて打ち下ろす手に、伊織はまんまと騙されたのだ。

「悪い癖だ」

一京が漏らしたが、十太夫は黙って見ている。

伊織は一本取られたと思い、審判を見る。

すると審判は、声を張らずに、中央に戻るよう告げた。

打ち込み不十分と見たのだろうが、伊織は顔を歪めるほど、肩に痛みを感じていた。

鬼頭は、審判に不服そうな顔を向けている。

「はじめ！」

審判の声に応じて、次は伊織が打ち込んだ。

鬼頭は片手で打ち払い、返す刀で腕を打つ。

伊織は木刀で受け流して前に出ると、柄頭で鬼頭の胸を打った。

当てられたことに苛立ちの声を吐いた鬼頭が、間合いを取って正眼に構える。まだ表情には余裕があり、打ち込むと見せかけ、伊織が釣られて受け身になった隙を突いてくる。

頭を狙って振り下ろされた木刀を、伊織は右に逃げてかわす。空振りをした鬼頭の側面にすかさず木刀を振るった。だが、鬼頭はこちらを見もせず木刀で弾き、足を払ってきた。

跳んでかわした伊織が、木刀を幹竹割りに打ち下ろす。

「やあ！」

気合をかけた一撃だったが、鬼頭が目の前から消えた。

空振りした伊織の右側から、鋭い殺気が迫る。

振り向いて受け止めた伊織だったが、鬼頭の力が凄まじく、押し込まれた自分の木刀が額に当たった。

頭がじんとして、目の前が一瞬だけ暗くなる。

耐えて下がる伊織は、胸を蹴られて飛ばされ、背中から地面に落ちて転がった。

迫る鬼頭が、容赦なく木刀を突き下ろす。

横に転がってかわした伊織は、立とうとしてまた胸を蹴られ、観客席まで飛ばされて落ちた。

すぐに起きた伊織が立とうとしたところへ、客をかき分けて来た甲良が告げた。

「皆を闇討ちにしていたのは奴です。気を付けて」

思わぬ声に、伊織は息を呑んで顔を見る。

甲良はうなずく。

「奴のせいで剣の道を奪われた者たちのためにも、負けないでください。伊織殿なら勝てます。皆の無念を、晴らしてください」

「甲良の言うとおりだ」

余裕がありそうな声に伊織が振り向くと、木刀を肩に置いた鬼頭が、薄笑いを浮かべる。

「出場者が少ないのは、わたしが出られぬように痛めつけてやったからだ。お前と同じく、今日ここに出た雑魚は、はなから相手にしておらなかったというわけだ。ここで片づければすむからのう」

伊織は、本堂の前にいる寺社方の役人を見たが、離れているため聞こえていないようだ。

審判が鬼頭に戻れと告げ、伊織に問う。

「一本は取られておらぬが、降参するか」

伊織は、甲良に顔を向け、続いて万次郎を見た。

一京の隣に座っている万次郎の悔しそうな顔に、伊織のこころが勇み立つ。

「まだです」

そう告げて、痛む身体で立ち上がった伊織は、じっと目を向けている十太夫に顎を引く。

十太夫は、腕組みをしたままうなずき返した。

中央に戻った伊織は、目を閉じて息を整え、怒りを鎮めた。ゆっくりと瞼を開け、無心で木刀を構える。

「はじめ!」

審判の声と同時に、鬼頭がとどめを刺さんと出る。

無言の気合は、殺気さえ帯びている。

頭を狙って木刀を打ち下ろさんとする鬼頭の気を感じた伊織は、相手の目を見たまま間合いに飛び込み、胴を打ち抜いた。

確かな手応えがあり、振り向くと、鬼頭は腹を抱えてよろけた。

まだ来る。

直感が伊織の身体を動かし、振り向きざまに足を狙ってきた鬼頭の木刀を受け止め、返す刀で打ち下ろす。

「えい!」

気合をかけた一撃を肩に受けた鬼頭は、手で押さえ、激痛に呻いて下がる。そして、怒気を吐き捨てて向かってきた。

鋭く横に一閃された切っ先を下がってかわした伊織は、鬼頭の隙を突き、木刀を首に当てて止めた。

「それまで！」

審判が声を張り、観客たちから歓声があがった。

「勝ったぞ。若が勝った！」

一京のひと際大きな声がした時、歓声は悲鳴に変わった。

試合を止めた審判に憤怒した鬼頭が、木刀で頭を打ったからだ。

昏倒した審判を見下ろした鬼頭は、木刀を捨て、客席に顔を向ける。それに応じた武家の男が、青鞘の刀を投げた。

受け取った鬼頭は、伊織を睨む。

一京が叫んだ。

「逃げろ！」

鬼頭は伊織に迫り、抜刀して斬りかかった。

かわした伊織の耳に、真剣が空を切る鋭い音が聞こえた。不思議と恐怖はない。

横に逃れた伊織に向いた鬼頭が、気合をかけ、猛然と斬りかかる。

伊織はその太刀筋を見るのではなく的確に感じ、刀身の腹を木刀で打ち払い、

「えい！」

胸を突く。

呻いた鬼頭が、血走った目を向けて下がり、怒りに満ちた顔で刀を向ける。

斬りかかろうとする時に生じた隙を逃さぬ伊織は、鬼頭の間合いに飛び込み、手首を打つ。

出端をくじかれた鬼頭が、苛立ちの声を吐いて刀を振り上げたところへ、伊織が腹を突いた。

「うっ」

鳩尾《みぞおち》に食らった鬼頭は刀を落とし、腹を抱えて両膝をつき、横向きに倒れた。

「やりおった」

一京は大喜びで駆け寄るが、十太夫はむしろ表情を厳しくして、本堂を睨む。暗くて見えないが、人の気配が確かにあるからだ。

微かに影が動き、気配も消えた。

十太夫はようやく緊張を解き、伊織に向く。

甲良が伊織に駆け寄り、倒れている鬼頭に怒りの目を向けた。そして、立ち上がっておろおろしている寺社方の役人のところに行き、袖を引いて戻ってきた。

何ごとかと問う役人に、甲良が訴える。

「この試合に出ようとしていた道場の代表者たちが襲われていたのをご存じですか」

役人は、驚いた顔を倒れている鬼頭に向けた。

「まさか、この男がやっていたのか」

「いかにも」

甲良は、動かぬ腕を見せた。

「わたしの腕をこのようにしたのも、この男です。捕らえて罰していただきたい」

己も伊織を襲った身の甲良だが、剣をにぎれぬ身体にされた恨みは深いようだ。

役人は甲良の気迫に圧倒されて、鬼頭をけしからぬ奴だと罵り、手の者に命じて縄を打たせ、意識が戻らぬまま引っ立てた。

審判は医者の介抱を受けて起き上がり、鬼頭の狼藉を耳にすると、改めて皆に告げる。

「勝者は、初音伊織殿。御前試合への出場を認めます」

騒然となっていた会場が静まり、伊織を称賛する声に変わった。

町人たちが伊織を称える中で、榊原勝正は一点を見つめている。何を思うのか、やがて薄い笑みを浮かべ、足早に去った。

一京や兄弟子たちに担ぎ上げられた伊織は、御前試合に出られることに安堵し、目をつむった。

「このことが、一日も早く兄上の耳に入ると良いのですが」

正直な気持ちを口に出すと、兄弟子たちは顔を見合わせた。

一京が言う。

「真剣を向けられた時の、剣客然とした姿を鏡で見せてやりたい。わたしは、身震いがしたぞ」

万次郎が伊織の肩をつかむ。

「師範代がおっしゃるとおりだ。お前、いつの間に強くなった」

「父と一京さんが、厳しい稽古をつけてくださったおかげかと……」

自分では実感が湧かない伊織は、父を見た。

腕組みをして見ていた十太夫が、歩み寄る。

「今日と明日は、素直に喜べ。だが、本番はこれからだ。明後日からは、御前試合に向けて特に厳しく鍛えてやる」

「はい」

十太夫は表情を変えずに帰るぞと言い、不自由な足を引きずってゆく。

伊織は駆け寄り、父に肩を貸した。

三

琴乃の父帯刀は、昌福寺から戻った家老の芦田藤四郎から話を聞いて、勝者が初音家の次男だと知り、不愉快そうな顔をした。

「それほどまでに強いのか」

「まだ粗削りですが、血迷った相手が真剣を抜いた時の戦いぶりには、天性の才を感じました。父親に従い倒幕派に付けば、先々で我らにとって厄介な相手になる恐れは十分にあります」

書をしたためていた帯刀は、筆を置いて家来に向く。

「倒幕派の者どもを潰しに動いていた鬼頭という男は、磯部の手先なのか」

「捕らえた寺社方に問いましたところ、どこからも救いの手はなく、本人は勝ちたい一心でやったと、罪を認めているそうです」

「人を殺めておらぬなら、罰は軽かろう。磯部が口を割らぬよう命じておるに違いない。それにしても、大勢が見ている前で刀を抜くとは愚かな」

「おっしゃるとおり。狼藉を働いた鬼頭を倒した伊織は、一躍町の人気者です」

そこへ、小姓が来客を告げに来た。

「榊原勝正殿が、お耳に入れたき儀がござるそうにございます」

「ここへ通せ」

応じて下がった小姓と入れ替わりに、勝正が廊下で片膝をついた。

「おじ御、お邪魔をいたします」

「うむ。入れ」

「はは」

勝正は足を踏み入れ、帯刀の前で正座して頭を下げた。

帯刀が促す。

「話とはなんじゃ」

「琴乃殿のことにございます」

「琴乃ならば昨日から戻っておるが、会いにまいったのか」

「そうではありませぬ。わたしは、寛斎殿の家に通う琴乃殿が心配で、家来に命じて陰ながら守らせておりました」

「ほおう、気が利くではないか」

帯刀が喜んだところで、勝正は、ごめん、と断ってそばに行き、小声で告げた。

伊織が琴乃に想いを寄せているようだと聞かされた帯刀は、目つきを鋭くした。

「それは確かか、間違いではあるまいな」

「わたしの手の者が、確かにその目で見てございます」

帯刀は、右手に持っていた扇子を指の力だけで折り、憤怒の息を吐く。

その様子を見ていた芦田藤四郎が、重々しく告げる。

「殿、初音伊織は身分卑しき者です。御前試合に臨むのも、立身出世を夢見ておるからに違いなく、身分ほしさに、姫をたぶらかしかねませぬ。折良くお戻りですから、御祖父母様の隠居所には、お行きになられぬほうがよろしいかと」

「父と母は、琴乃との暮らしを喜んでおられる。何ゆえこちらが我慢せねばならぬのだ」

「しかし……」

帯刀は、分かっておる、と言いたそうな顔をして、小姓に命じる。

「吉井大善《よしいだいぜん》を呼べ」

「はは」

応じた小姓が向かったのは、敷地内にある道場だ。

御前試合に出ることが決まっている吉井大善は、北沢流の免許皆伝。

この日は、同じ北沢流を遣う旗本の家来たちを道場に集めて稽古をしていた。

皆が見守る中、大善は八人を相手に、実戦に模した立ち合いをしようとしている。

木刀を右手に下げる大善に対し、八人は円に囲んで木刀を向けている。

正面の者が気合をかけ、動くと見せかけた。その刹那、背後の一人が声を出さず木刀を振り上げ、肩めがけて打ち下ろした。

大善は、まるで背中に目があるかのごとく、見もせず横にかわすなり右手を振るい、攻撃をした者の胴を打った。

それを隙と見た一人が、背後から打ちかかる。だが、木刀は空を切り、かわしざま背後に一閃された大善の木刀で胸を打たれたその者は、両足が浮いて飛ばされ、背中から落ちて気を失った。

「やあ！」

横手から打ち込んだ三人目の切っ先を右にかわした大善が、鋭く木刀を振り下ろす。

肩を打たれた家来は、激痛にのけ反って倒れた。

四人目と五人目は、互いに目顔を交わし、同時に打ち込む。

「おう！」

気合をかけた大善が、左右から打ち下ろされる木刀を素早く打ち払い、一人を蹴り離し、もう一人に迫る。

慌てて刀を振り上げた相手の間合いに飛び込み、胸を突く。

背後に迫った一人が、気合をかけて打ち込んだ時、大善は振り向きざまに打ち払い、返す刀で額を打つ紙一重で止めた。

目を見開き、腰を抜かして尻餅をつく家来を見下ろした大善は、残る三人に向き、この日初めて、木刀を正眼に構えた。

三人は大善を囲み、同時に打ち込む。

一瞬早く前に出た大善が一人目の胴を打ち、しゃがんで後転して、二人同時に打ち込んできた木刀に空を切らせる。そして、左右に木刀を振るって足を打ち払い、仰向けに倒れた者の腹に打ち込む。

道場には、倒された者たちの呻き声しかしていない。

見物していた者たちは、大善の激しい稽古とその強さに、度肝を抜かれて声を失っているのだ。

ゆっくりと立ち上がり、木刀を納めた大善は、道場の入り口に気配を感じて振り向いた。

一礼して入った小姓が告げる。

「吉井殿、殿がお呼びです」

「うむ。お前たちは稽古を続けよ」

見物をしていた者たちが、ようやく声を発して応じ、木刀を手に稽古をしに立つ。

それを横目に道場を出た大善は、帯刀がいる屋敷の裏手に外から回り、座敷の前で片膝をついて頭を下げた。

「お呼びでございますか」

「うむ」

帯刀は、藤四郎と勝正が座している前を通って濡れ縁に立つと、頭を下げている大善を真顔で見下ろす。

「本日昌福寺で、御前試合に出る町道場の代表が決まった。その者と御前試合で当たるよう仕向けるゆえ、足腰が立たぬようにするのじゃ。二度と剣術ができぬ身体にしろ」

「相手の名は……」

「わしがもっとも忌み嫌うておる初音十太夫の倅、伊織じゃ」

「承知いたしました。必ずや、仰せのとおりにいたします」

この時、母親から勝正に茶菓を出すよう言われて来ていた琴乃は、廊下の曲がり角のところに隠れていた。

たった今、父親が発した言葉に声が出そうになるのを右手で塞ぎ、両目を大きく見開いた。

そっと、気づかれないよう下がった琴乃は、自分の部屋に駆け込み、茶菓を載せた折敷を置いてへたり込んだ。

茫然と目を向けたのは、螺鈿細工が美しい朱塗りの手箱だ。中には、伊織がくれた簪を収めている。

蓋を開けて簪を手に取った琴乃は、ざわつく胸に押し当てた。

今はっきりと、この胸の中で伊織の存在が大きくなっていることに気づいた琴乃は、

「伊織殿……」

不安に駆られて名を呼び、きつく瞼を閉じるのだった。

四

　御前試合に出る者の名簿が江戸城から日ノ本中に向けて送られたのは、二日後だ。

　京の旅籠《はたご》に身を隠していた智将が名簿を手にした時には、さらに半月が過ぎていた。

　持って来たのは、国許の萩に帰ったはずの宍戸源六だ。

　智将のそばには、門人で幼馴染の服部瑠衣もいる。

　名簿を渡してくれた宍戸源六から、父の身に起きたことと母の死を知らされた智将は、衝撃を受けた。

「わたしのせいだ。わたしが井伊大老を襲おうとしなければ、父は捕らえられなかったはず。母の寿命も縮めてしまった」

　辛そうにうな垂れる智将に、源六が言う。

「それは違います。磯部が先生を捕らえたのは、倒幕派の門人が通う道場を潰すのが狙いです。若様はその剣の腕前で逃げおおせたではありませぬか」

　智将は顔を上げた。

「道場は、潰されたのか」

「潰れてはおりませぬが、通うのは師範代と、数人の浪人者ばかりです」

智将は悔しそうな顔をした。

「おのれ、磯部め」

源六が言う。

「悪い話ばかりではありませぬぞ。御前試合の名簿をご覧あれ」

開いて見た智将は、目を止めた。

「伊織の名がある」

「なんですと」

驚いた服部瑠衣が名簿を覗き込み、目を見開いた。

「ほんとうだ」

源六が言う。

「昌福寺の試合は、お見事でした」

「おぬし、見たのか」

「この目で確かに。お二人には想像もできぬでしょうが、公儀の犬と思われる相手が真剣を抜いてもまったく動じられず、打ち倒されたのです」

服部瑠衣が信じられないと言い、伊織が試合に出たわけを訊いた。

源六は智将を見て答える。

「この名簿を行方が分からぬ若様に見てもらえば、祝いのお言葉をもらえるのではないかと思ってのことだそうです。お母上の死と、道場の危機を知らせたい一心で、戦われたのです」

瑠衣が言う。

「若様、江戸に戻りますか」

「やはり、伊織が父の才を引き継いでいるようだ」

ぼそりとこぼす智将に、瑠衣は困惑顔で問い返す。

「今、なんとおっしゃいました」

智将は、伊織の名を見て複雑な心境を面に出していたが、薄い笑みを浮かべて答える。

「わたしは、父のように道場のあるじで満足する者ではない。無能な幕閣どもが我が物顔でつまらぬ政をする世を変えるまでは、親兄弟と連絡を絶ち、会わぬと決めたのだ。道場は、伊織にくれてやる」

瑠衣は驚いた。

「まことに、よろしいのですか」

「未練など、あろうものか」

きつく瞼を閉じた智将は、ひとつ深い息を吐いて名簿を置き、刀を手に立ちあがった。

「井伊に続き、所司代の暗殺をしくじった今、ここが見つかるのも今日明日だ。瑠衣、急ぎ京を出よう。逃げた同志と合流を果たすぞ」

「承知」

瑠衣が続こうとしたところで、源六が切り出した。

「わたしと、萩へまいりませぬか」

驚いた顔を向ける智将に、源六が続ける。

「萩には、大勢の同志がおります。この国の行く末のために、井伊と所司代を亡き者にせんとされた若様を、喜んで受け入れてくださりましょう」

「萩は、母の里だ」

ぼそりとこぼした智将は、懐具合を気にした。剣術の旅と信じている父から当面は困らぬほど金子を持たされているが、長逗留となると、いささか心細い。

だが、金に苦労したことがない智将は、いざとなれば母方の親戚を頼ればよいと楽観し、意志を固めた。

「よし、萩にまいろう。瑠衣、萩で出なおしだ」

「はは！」

源六の手引きで京からの脱出に成功した智将は、険しい道を選び、萩を目指した。

これが、兄弟にとって運命の分かれ道になろうとは、思いもせずに。

この作品は書き下ろしです。

幻冬舎時代小説文庫

●好評既刊
旗本ぶらぶら男　夜霧兵馬
佐々木裕一

由緒正しい直参旗本だが、無役で夜遊び好きの松平兵馬。だが北町奉行所の同心が相次いで辻斬りに遭い、老中・田沼意次から下手人成敗の密命が下る。破天荒で痛快なニューヒーロー誕生。

●好評既刊
旗本ぶらぶら男　夜霧兵馬　二
影斬り
佐々木裕一

夜遊び好きで無役だが幕府の暗殺者としての顔も持つ貧乏旗本の兵馬は、老中田沼から一橋徳川家の重国が伊那藩に入るまでの警護役を命じられた。だが重国の狼藉に疑問を感じるようになり……。

●好評既刊
若旦那隠密
佐々木裕一

江戸の大店・塩田屋の若旦那である藤次郎はある日、驚愕の事実を知らされる。本来の家業は隠密だというのだ。藤次郎は、持ち前の上品さと資金力、代々伝わる必殺剣で江戸の難題を解決する。

●好評既刊
若旦那隠密2
将軍のお節介
佐々木裕一

将軍から隠密を続けるよう沙汰を受けるが、許嫁の父からは侍に娘は嫁がせないと言われ、苦悩する藤次郎。一日も早く隠密を辞め許嫁と添いたい一心で、若旦那の必殺剣が唸る！

●好評既刊
若旦那隠密3
哀しい仇討ち
佐々木裕一

将軍家の密偵としての顔を持つ大店の若旦那藤次郎が抜け荷の疑いをかけられ、小伝馬町の牢屋敷に送られた。噂は瞬く間に町を駆け巡り……。江戸の風情と人の情愛が胸に迫るシリーズ第三弾。

幻冬舎時代小説文庫

●好評既刊

若旦那隠密4

門出

佐々木裕一

表の顔は大店の若旦那。裏の顔は公儀隠密。塩の買付のため四国高松に向け出帆した藤次郎だったが幾度も刺客が現れ、更に身内の裏切りも発覚。伝来の必殺剣が唸る大人気シリーズ、堂々完結。

●好評既刊

明日の夕餉

居酒屋お夏 春夏秋冬

岡本さとる

足袋職人の弥兵衛は人も羨む隠居暮らしを送っていた。だが、最愛の娘の久々の訪問が彼の心を乱してしまう。お夏は弥兵衛の胸の内に溜まった灰汁を取ることができるか？ 大人気シリーズ第七弾。

●好評既刊

剣の約束

はぐれ武士・松永九郎兵衛

小杉健治

御前崎藩の江戸家老の命を守ったことを契機に藩に近づいた九郎兵衛。目にしたのは藩主の座を巡って十年以上続く血みどろの争いだった……。剣豪が江戸の悪党どもを斬る傑作時代ミステリー！

●好評既刊

梔子《くちなし》の木

小烏神社奇譚

篠 綾子

江戸に急増する不眠と悪夢。医者の泰山は、美しい少年が患者にお札を配り歩いているという噂を聞きつける。竜晴はその少年を探そうとするが、数日後、泰山が行方不明となり……。

●好評既刊

江戸美人捕物帳

入舟長屋のおみわ 隣人の影

山本巧次

焼物商を介し、お美羽の長屋に畳職人が住み始めた。職を偽っているとの噂があり、お美羽が調べると、本当は茶人だった。不信感が募るなか、今度は焼物商が死因不明で亡くなり、茶人は失踪する。

幻冬舎文庫

●最新刊
救急患者X
麻生　幾

高度救命救急センターの医師・吉村は、ICU奥のトイレに謎の血文字が浮かび、ナースが怖がっていると聞く。前後して、身元不明の女性患者らが奇怪な症状を見せ始め——。本格医療サスペンス。

●最新刊
さようなら、私
[新装版]
小川　糸

久しぶりに再会した初恋の相手は、昔と変わらぬ笑顔を向けてくれたが、私は不倫の恋を経験し、夢に破れ仕事も辞めていた。そんな私を彼が旅に誘い……。新しい自分に出会うための旅の物語。

●最新刊
探偵少女アリサの事件簿
さらば南武線
東川篤哉

地元・武蔵新城でなんでも屋タチバナを営む橘良太はお得意先の娘・綾羅木有紗と難事件をぞくぞく解決中。ある日、依頼者の元に出かけた良太は密室殺人に遭遇してしまい——。シリーズ最終巻。

●最新刊
ヒトコブラクダ層戦争(上)(下)
万城目　学

三つ子がメソポタミアで大暴れ!!　自衛隊PKO部隊の一員としてイラクに派遣された榎土三兄弟。彼らの前に姿を現したのは、砂漠の底に潜む巨大な秘密、そして絶体絶命の大ピンチだった——!

●最新刊
僕の姉ちゃん的生活
明日は明日の甘いもの
益田ミリ

相手から返信がなくても落ち込まない、誘った勇気までが私のもの。朝の支度をしてくれるロボットは欲しいけど、仕事は私がいく!　今宵も、恋と人生についての会話が始まります。第四弾!

姫《ひめ》と剣士《けんし》 一

佐々木裕一《ささきゆういち》

令和5年11月10日　初版発行

発行人――石原正康
編集人――高部真人
発行所――株式会社幻冬舎
〒151-0051東京都渋谷区千駄ヶ谷4-9-7
電話　03(5411)6222(営業)
　　　03(5411)6211(編集)
公式HP　https://www.gentosha.co.jp/
印刷・製本―錦明印刷株式会社
装丁者――高橋雅之

幻冬舎時代小説文庫

ISBN978-4-344-43334-2　C0193　さ-34-7